KB207084

무너지지 않기 위하여

PROUST CONTRE LA DÉCHÉANCE: Conférences au camp de Griazowietz
by Józef Czapski

무너지지 않기 위하여

어느 포로수용소에서의 프루스트 강의

Proust contre la déchéance: Conférences au camp de Griazowietz

유제프 차프스키 지음
류재화 옮김

밤의책

일러두기

- 단행본 출판물 및 정기간행물은 『 』, 그 외 창작물은 「 」로 표기했다. 단, 마르셀 프루스트의 『잃어버린 시간을 찾아서』 각 권의 표제는 「 」로 표기했다.
- 각주는 저자 주, 그리고 Les Éditions Noir sur Blanc에서 출간한 프랑스어판 원서의 편집자 주다. 저자 주는 작성자를 밝혀두었으며, 별도의 표기가 없는 각주는 편집자 주다.
- 미주는 모두 옮긴이 주다.

차례

편집자 서문 · · 7

서문 · · 9

프루스트 강의

1941년 그랴조베츠 · · 39

작가 연보 · · 131

옮긴이 미주 · · 145

옮긴이의 말 · · 167

편집자 서문[1)]

유제프 차프스키는 소비에트 연방 그랴조베츠 포로 수용소에 함께 수용되어 있던 포로들을 위해 1940년부터 이듬해인 1941년까지 마르셀 프루스트를 주제로 강의를 했다. 이 글은 1943년과 1944년 초에, 다행히 파손되지 않고 남은 그의 노트 일부를 타자기를 사용해 옮긴 것이다 (우리는 이 책의 출판을 위해 그가 손으로 적은 몇몇 페이지를 새로 추가했다). 이 프랑스어 원문은 1948년 테레사 스쿠제프스카가 폴란드어로 번역하여 당시 파리에서 발행되던 월간지 『쿨투라』[2)] 12호와 13호를 통해 「그랴조베츠에서의 프루스트」라는 제목으로 소개하기도 했다.

우리는 이 기록의 진정성을 살리는 것이 특히 중요하

다고 생각했다. 차프스키가 구사하는 프랑스어에 약간의 오류나 동어 반복이 있고, 그가 만든 표현들과 구두점의 사용에 다소 어색한 부분이 있었지만, 고민 끝에 이를 수정하지 않고 출판하기로 했다. 우리가 바로잡은 것은 철자가 틀린 고유명사밖에 없다.

필요한 책을 구할 수 없는 특수한 상황에서, 차프스키는 가히 놀라운 기억력과 이해력으로 『잃어버린 시간을 찾아서』의 장면 전반을 되살려냈다. 그의 인용은 거의 정확해서 해당 구절을 찾는 데 별 어려움이 없었다(정확한 인용문은 각주로 달았다).

서문

프루스트에 관한 이 에세이는 1940~1941년 겨울 그랴조베츠 포로수용소에서, 우리가 식당으로 쓰던 어느 수도원의 차가운 방에서 구술된 것이다.

정확도가 떨어지거나 주관적으로 작성한 몇몇 페이지에 대해서는, 당시 참조할 만한 어떤 책도 내게 없었다는 데 일부 원인이 있음을 밝혀야겠다. 내가 프루스트의 책을 마지막으로 본 것은 1939년 9월 이전이었다. 내가 가진 것이라곤 프루스트의 작품에 대한 기억뿐이어서 어떻게든 그것을 정확하게 떠올려 보려고 정말로 많은 애를 썼다. 사실 이것은 문학 에세이가 아니다. 내 인생에 언제 다시 만나볼 수 있을까 싶은 책, 내가 정말 많은 빚을 진 어느 작품에 대한 추억이라고 하는 편이 나을 것이다.

우리는 1939년 10월부터 1940년 봄까지 하리코프 근처, 10~15헥타르에 이르는 스타로벨스크 포로수용소에 수용되어 있던 폴란드 장교들이었다. 우리는 지적知的 노동을 해서라도 무너지지 않아야 했다. 우리를 잠식하는 쇠약과 불안을 극복하고 뇌에 녹이 스는 것을 막아야 했다. 그리하여 우리 중 몇 사람이 군사학과 역사학, 문학 강의를 시작했다. 그런데 이 강의들이 당시 윗선에 있던 이들에게는 반혁명적인 것으로 비쳤는지, 강의를 기획했던 몇몇 이는 우리가 모르는 어딘가로 보내졌다. 그러나 강의는 중단되지 않았고, 더욱 은밀하고 정교한 모의가 이루어졌다.

1940년 4월, 스타로벨스크 포로수용소에 수용돼 있던 이들이 몇 개의 무리로 나뉘어 북쪽으로 이송되었다. 같은 시기, 총 수용 인원이 1만 5000명에 이르는 두 대형 수용소인 코젤스크와 오스타시코프의 포로수용소가 모두 비워졌다. 결국 그 지역에 남은 포로는 1940~1941년에 볼로그다 근처 그랴조베츠 수용소에 있던 400여 명의 장교와 군인들뿐이었다. 우리는 처음 스타로벨스크 수용소에 수용된 4000여 명 중 마지막까지 살아남은 79명인 셈이었다. 스타로벨스크의 다른 동료들은 흔적도 없이 사라졌다.[3)]

그랴조베츠는 1917년 전까지만 해도 신자들이 순례지로 찾던 수도원이었다. 우리가 있을 당시에는 성당과 수도원 건물 모두 이미 다이너마이트로 파괴돼 폐허가 된 뒤였다. 실내는 건물 골조의 잔해와 빈대가 들끓는 이불 따위로 어지럽혀져 있었는데, 우리가 가기 전에는 핀란드 포로들이 수용돼 있던 곳이었다. 여러 차례의 탄원 끝에 우리가 공식적으로 강의할 수 있게 허락받은 장소는 식당뿐이었다. 여기에 조건이 붙었다. 사전 검열을 받듯이 강의록을 미리 보여줘야 한다는 것이었다.

작은 방이 동료 포로들로 가득 들어찼고, 강사들은 각자 기억하고 있는 것을 그들에게 최대한 들려주었다. 독서광이자 우크라이나의 르부프✤라는 도시에 열정적인 관심을 가진 에를리히 박사는 책의 역사를 강의했다. 그는 무척 희귀하고도 비상한 감각으로 여러 책들에 대한 우리의 기억을 환기해 주었다. 영국의 역사와 여러 민족의 이주 역사에 대해서는 그단스크의 한 일간지 편집장이었으며 말라

✤ Lwów. 지금은 우크라이나의 도시로 우크라이나어로는 '리비우'라고 발음하나 당시에는 폴란드의 도시였다.

르메의 열렬한 팬이기도 한 핀스크의 카밀 칸타크 수사가 강의했다. 건축의 역사는 바르샤바 공과대학의 시엔느니츠키 교수가 맡았다. 타트라산지와 캅카스산맥, 그리고 코르디예라산계의 산들을 여러 차례 등반한 적이 있으며 산악 등반에 관한 뛰어난 책을 쓴 저자이기도 한 오스트로프스키 중위는 남아메리카에 대한 강의를 맡아주었다.

그렇다면 나는? 나는 프랑스와 폴란드의 회화 및 프랑스 문학을 강의하기로 했다. 당시 꽤 심각한 병에 걸렸다가 회복 단계에 접어들었던 나는 중노동을 면제받고 수도원의 큰 계단을 닦는 일이나 감자 깎는 일을 하고 있던 터라 다른 사람들보다는 좀 자유로운 편이었다. 그래서 이 야회夜會의 한담을 조용히 준비할 수 있었다.

영하 45도까지 떨어지는 추위 속 노역으로 완전히 녹초가 된 채 마르크스와 엥겔스, 레닌의 초상화 밑에 다닥다닥 붙어 앉아, 당시 우리의 현실과는 너무나 동떨어진 주제에 대한 강의를 열중해 듣던 동료들의 모습이 지금도 눈에 선하다. 당시 나는 감동에 젖어 프루스트를 생각하곤 했다. 게르망트 공작 부인 이야기나 베르고트의 죽음, 또 내가 기억할 수 있는 한 그대로 전해주고자 했던 그 소중하고 아름다운 내면 묘사를, 혹독한 추위 속에서 온종일 일하고 돌아온 폴란드 포로들이 그토록 집중해 듣고 있는 것을 프루스트가, 그러니까 코르크 벽 탓에 난방이 조금 과하게 된 방에서 죽은 그가 본다면, 얼마나 놀라고 감격할까 하고 말이다. 더욱이 그가 죽은 지 20년이나 됐을 때였는데 말이다.

이 자리를 빌려 특별히 내 두 친구에게 감사의 마음을 전하고 싶다. W. 티히 중위와 이탈리아 전선에서 우리 부대 군의관을 지냈던 이메크 코흔 중위다. 티히 중위는 지금은 이집트 카이로에서 『파라드』지 폴란드어판 편집장으로 있다. 이들은 그랴조베츠 수용소의 춥고 악취 나는 식당에서 나의 구술을 기록해 주었다.

이 같은 각고의 지성적 노력에 참여할 수 있다는 것은 큰 기쁨이었다. 이를 통해 우리는 당시 우리의 현실과는 아무런 상관도 없던 '정신'의 세계를 생각하고 그것에 반응할 수 있었다. 그 큰 옛 수도원의 식당에서 보낸 시간들은 온통 장밋빛이었다. 이 기묘한 '교외수업'[4]은, 영영 길을 잃어버린 것 같다고 느끼던 우리에게 다시금 세상 사는 기쁨을 안겨주었다.

일부는 극지방으로, 또 일부는 시베리아 너머로 흔적도 없이 사라진 1만 5000명의 동료들 가운데 구제된 장교와 군인은 400명뿐이었다. 우리가 어떻게 그 안에 들어갈 수 있었는지는 지금도 알지 못한다. 하지만 프루스트와 들라크루아에 대한 추억으로 버텨낸 그 시간들만큼은 지금까지도 내 생애에서 가장 행복했던 순간들로 남아 있다.

이 에세이는 소련에서 보낸 몇 해 동안 우리가 살아남을 수 있게 도와준 프랑스 예술에 바치는, 내 소박한 감사의 공물貢物이다.

1944년 유제프 차프스키

Czyżowice

tu daty – 8/II do 3/III 41

ТЕТРАДЬ

II

по ______________________ учени __________

_______ класса _______________ школы

FRANCUZKI.

NOTATKI MALARSKIE i INNE.

J. Czapski
Warszawa
Bielańska 14

ROUSSEAU DAUBIGNY ← BARBIZON DAUMIER ← COROT COURBET. IMPRESJONIZM
1812—67 1817—78 1808—1879 1796—1875
TROYON 18 MILLET MICHEL
1810—65 1814—75 TEMAT ODRODZENIE PEJZAŻU

KARYKATURA
LUDWIK FILIP WIĘZIENIE
GLATIGNY ŚWIAT INNY
RYSUNEK ŚWIATŁOCIEŃ REMBRANDT.
NIEBEZPIECZEŃSTWO KARYKATURY
POŚMIERCI WYROBNIK.
SONTAGSMALER!
ATAK NA LUDWIKA FILIPA.
PRZYJAŹŃ Z COROT.

DELACROIX 1799—1856.
MICHAŁOWSKI 1800—1855
KORESPONDENCJE NADZIEJA MALARSTWIE

DELACROIX
COROT
RUBENS
PISARRO
MICHAŁOWSKI

LATA?

BAUDELAIRE
GAUTHIER

DAUBIGNY ROUSSEAU MILLET
PAS ENNUYEUX

PIERWSZY PLAN SKROMNOŚĆ
NP. PRZYKŁAD

COROT
„POLSKI" PEJZAŻ
SKLEP SUKNEM. PENSYJKA
BEZPROBLEMATYCZNOŚĆ KLASYK ROMANTYK.
PORTRET NIEBIESKI
PORTRET PANA
RAFAELOWSKIE PORTRETY (NIE INGRES)
CZYSTY SIMPLE
POŁOŻENIE FARBY
KOLOSSEUM. SYNTETYCZNOŚĆ PLAMY. BRAK SKRAJNOŚCI
WIECZNOŚĆ
ŁASKA
MIŁOŚĆ ŚWIĘTOŚĆ
LES OISEAUX CHANTENT.
Z KAJECZKA. PO ZNAJOMYCH. NAJBOGACTWO
1/2 WAPTOŚCIOWANIA WCZORAJ I DZIŚ

DUCH GDZIE CHCE TCHNIE

LITOGRAFJA NA KAMIENIU DNIE
LIT., RYS. OLEJ.
ILUSTRACJA DON KICHOT
PIGMALION I GALATEA 1841
WSPOMNIENIA Z BALZAC
AUTORKA DRAMATYCZNA 1844
PALAIS DE JUSTICE

LUDZIE W POCIĄGU
LUDZIE JEDZĄ
ADWOKACI SĘDZIOWIE
RZEŹNIA
KOLEKCJONER
TEATR NA JARMARKU
TWARZE W ROMANTYCZNYM TEATRZE

STAROŚĆ DOM.
BRAUN

PRZEWARTOŚCIOWANIE

NASZA MŁODSZIŚĆ MALARSKA PRASA W 70–80 LATACH. I JESZCZE W 20 ROKU. 1865

JAM JEJ NIGDY NIE ŁUDZIŁ I WIEM, ŻE JEST WIELKIE DZIECKO Z PALANEMI ŁZAMI OCZYMA, A PRZETO WIDZĄCE JEDYNIE PRZEZ ŁEZ SWOICH ŚWIĘTYCH I PRZEKLĘTYCH PRYZMAT, WIDZĄCE TROJENIA I SIEDMIENIA TĘCZ SIĘ TĘCZ NIGDY PRAWDY.
DO M. SOKOŁOWSKIEGO 1865

ALE ONI CAŁĄ ŁUDZĄ, NIEMĘŻNI!... UCIERPIĄ WSZELAKO I NAPIEKAĆ BĘDĄ DO GŁĘBI SZPIKU KOŚCI ICH. FORTEPIAN

JULIUSZ WOJCIECH JERZY

JEDNOCZEŚNIE Z CHOPINEM PREKURSOREM. MICKIEWICZEM CANALETTO SŁOWACKIM PREKURSOREM.

MICHAŁOWSKI RÓWNOCZESNOŚĆ Z DELACROIX. RYSUNKI SZLACHECKIE

DELACROIX VELASQUEZ REMBRANDT, HALS. WIEDEŃ PARYŻ GERICAULT NIERÓWNOŚCI RZEMIOSŁO ZAROBEK

DELICATUM PALATUM GÓRNICKI TŁUMACZĄCY DWORZANINA BALTAZARA CASTIGLIONE SZLACHCICOM NIEPOTRZEBNE CENNINO CENNINI OPERE PRECETTI DELLA PITTURA 1787 VASSARI

DIDEROT KRYTYKI XVIII WIEK. DELACROIX INGRES GAUTHIER BAUDELAIRE HUYSMANS ZOLA.

NAPOLEON SAMOSIERRA WOJSKO ZBROJE RAZOWE STARE NIEBO PORTRETY

KOBIETA NARODU POLSKA MICKIEWICZ SŁOWACKI INGRES KLACZKO

LANDSZAFTY

FORMA 1 DELACROIX COURBET

2 1 FORMY 2

DELACROIX SŁOWACKI MICKIEWICZ FLAMANDOWIE
HOLENDRZY

3 ATAKI MICH. ANIOLA
ATAKI NORWIDA

4 COURBET
WENECJANIE. PÓŹNY RENESANS
HOLENDRZY

P.

~~ATAKI ZPR~~

4 OBRAZY JAKIE

COUR
REALIZM-JEGOROWICZ

ATAKI Z PRAWEJ STRONY 5

6 Pruszko

ATAKI Z LEWEJ STRONY.
POLITYKA

POWRÓT DO KLASYKÓW WENECJAN
DUCH GDZIE CHCE TCHNIE

PO PRZEZ ZIEMIE

7 JEGO KONIEC. KOMUNA
MILEWSKI

8 MYCIELSKI 1890 DECALAGE
PANKIEWICZ 1885

13/V wtorek [illegible]

[illegible] 7 ludzi [illegible]

[illegible] salon [illegible]

[illegible] DLATEGO [illegible]

[illegible] Bonnard [illegible]

[illegible] Maja-kowskiego [illegible] (to [illegible] Majak.) [illegible]

[illegible] Bonnard [illegible]

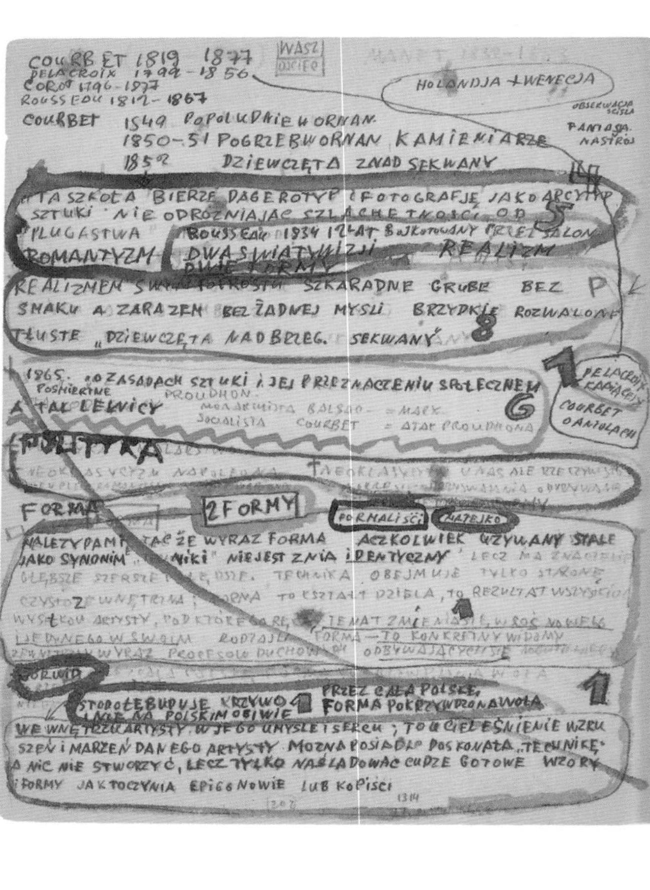

COURBET 1819 1877
DELACROIX 1798-1856
COROT 1796-1877
ROUSSEAU 1812-1867
WASZ OJCIEC
HOLANDJA + WENECJA
OBSERWACJA ŚCISŁA
FANTASJA NASTRÓJ
COURBET 1849 POPOŁUDNIE W ORNAN
1850-51 POGRZEB W ORNAN KAMIENIARZE
1852 DZIEWCZĘTA ZNAD SEKWANY
TA SZKOŁA BIERZE DAGEROTYP I FOTOGRAFJĘ JAKO ARCYTYP SZTUKI NIE ODRÓŻNIAJĄC SZLACHETNOŚCI OD PLUGASTWA
ROUSSEAU 1834 12 LAT BOJKOTOWANY PRZEZ SALON
ROMANTYZM DWA ŚWIATY WIZJI DWIE FORMY REALIZM
REALIZMEM SWOJEJ PROSTOTY SZKARADNE GRUBE BEZ SMAKU A ZARAZEM BEZ ŻADNEJ MYŚLI BRZYDKIE ROZWALONE TŁUSTE „DZIEWCZĘTA NAD BRZEG. SEKWANY"
DELACROIX
COURBET O ANIOŁACH
1865. O ZASADACH SZTUKI I JEJ PRZEZNACZENIU SPOŁECZNEM
POŚMIERTNE PROUDHON
A TAK DELACROIX
SOCJALISTA COURBET = A TAK PROUDHONA
POLITYKA
FORMA 2 FORMY FORMALIŚCI MATEJKO
NALEŻY PAMIĘTAĆ ŻE WYRAZ FORMA ACZKOLWIEK UŻYWANY STALE JAKO SYNONIM „TECHNIKI" NIE JEST Z NIĄ IDENTYCZNY LECZ MA ZNACZENIE GŁĘBSZE
TECHNIKA OBEJMUJE TYLKO STRONĘ CZYSTO ZEWNĘTRZNĄ; FORMA TO KSZTAŁT DZIEŁA, TO REZULTAT WSZYSTKICH WYSIŁKÓW ARTYSTY
TEMAT ZMIENIA SIĘ, WRAZ Z NIM FORMA — TO KONKRETNY WIDOMY ZEWNĘTRZNY WYRAZ PROCESÓW DUCHOWYCH ODBYWAJĄCYCH SIĘ
NORWID
STODOŁĘ BUDUJE KRZYWO NA POLSKIM OBIWIE
PRZEZ CAŁĄ POLSKĘ, FORMA POKRZYWDZONA WOLA
WE WNĘTRZU ARTYSTY, W JEGO UMYŚLE I SERCU; TO UCIELEŚNIENIE WZRUSZEŃ I MARZEŃ DANEGO ARTYSTY. MOŻNA POSIADAĆ DOSKONAŁĄ „TECHNIKĘ" A NIC NIE STWORZYĆ, LECZ TYLKO NAŚLADOWAĆ CUDZE GOTOWE WZORY I FORMY JAK TO CZYNIĄ EPIGONOWIE LUB KOPIŚCI

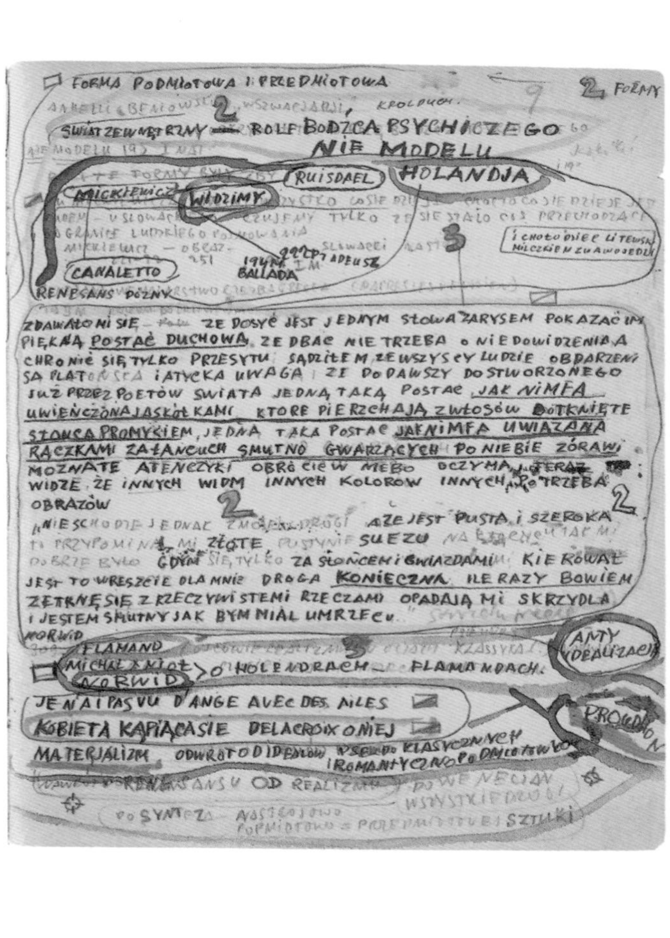
FORMA PODMIOTOWA I PRZEDMIOTOWA
2 FORMY
ŚWIAT ZEWNĘTRZNY — ROLE BODŹCA PSYCHICZEGO
NIE MODELU
RUISDAEL
HOLANDJA
MICKIEWICZ
WIDZIMY
CANALETTO
BALLADA
TADEUSZ
I CHODŹ DZIEŃ LITEWSKI MILCZKIEM ZNAWOJEDLI
RENESANS PÓŹNY
ZDAWAŁO MI SIĘ ŻE DOSYĆ JEST JEDNYM SŁOWA ZARYSEM POKAZAĆ IM
PIĘKNĄ POSTAĆ DUCHOWĄ ŻE DBAĆ NIE TRZEBA O NIEDOWIDZENIA A
CHRONIĆ SIĘ TYLKO PRZESYTU SĄDZIŁEM ŻE WSZYSCY LUDZIE OBDARZENI
SĄ PLATOŃSKĄ I ATYCKĄ UWAGĄ I ŻE PODAWSZY DO STWORZONEGO
JUŻ PRZEZ POETÓW ŚWIATA JEDNĄ TAKĄ POSTAĆ JAK NIMFA
UWIEŃCZONA JASKÓŁKAMI KTÓRE PIERZCHAJĄ Z WŁOSÓW DOTKNIĘTE
SŁOŃCA PROMYKIEM, JEDNĄ TAKĄ POSTAĆ JAK NIMFA UWIĄZANA
RĄCZKAMI ZA ŁAŃCUCH SMUTNO GWARZĄCYCH PO NIEBIE ŻÓRAWI
MOŻNA TE ATENCZYKI OBRÓCIĆ W NIEBO OCZYMA, TERAZ
WIDZĘ ŻE INNYCH WIDM INNYCH KOLORÓW INNYCH POTRZEBA
OBRAZÓW
AŻ JEST PUSTA I SZEROKA
MI ZŁOTE SUEZU
GDYM SIĘ TYLKO ZA SŁOŃCEM I GWIAZDAMI KIEROWAŁ
JEST TO WRESZCIE DLA MNIE DROGA KONIECZNA ILE RAZY BOWIEM
ZETKNĘ SIĘ Z RZECZYWISTEMI RZECZAMI OPADAJĄ MI SKRZYDŁA
I JESTEM SMUTNY JAK BYM MIAŁ UMRZEĆ...
NORWID
FLAMAND
ANTY IDEALIZACJA
MICHEL ANIOŁ
NORWID
O HOLENDRACH — FLAMANDACH
JE N'AI PAS VU D'ANGE AVEC DES AILES
KOBIETA KĄPIĄCA SIĘ DELACROIX O NIEJ
MATERJALIZM
ODWROT OD IDEAŁÓW PSEUDO KLASYCZNYCH I ROMANTYCZNO PODMIOTOWYCH
OD REALIZMU
WSZYSTKIE DROGI
SZTUKI

Verlaine.
– 967

Céline

Voyage au bout de la nuit

PETIT BOURGEOIS

PIENIĄDZE Z DRUGA

NATURA NIENAWIŚĆ DO

FABRYKA

LAMOUR DIFFICILE

WÓZKI

SEMMELWEIS. ROSJA.

POWSTANIA

JĘZYK

RABELAIS

NIESMAKI SENIE WYRAZY

ST. BEUVE

JALOUX

DAUDET

THIBAUDET.

TYGODNIKI MIES.

NRF

NOUV. LITTERAIRE

CANDIDE

GRINGOIRE

MALRAUX BLANCHE MALRUX. TICH. GLEHENNO BENDA

LISTY CHIŃCZYKA I FRANCUZA

CONDITION HUMAINE (GAZETA POLSKA)

ANARCHIA KOMUNIZM

POLE NIE. INTERNACJONAL

P MILIONY BANKIERZY

VOIE ROYAL

TEMPS DU MEPRIS.

ESPOIR KATOLICY TOLEDO

PROJECTEURS

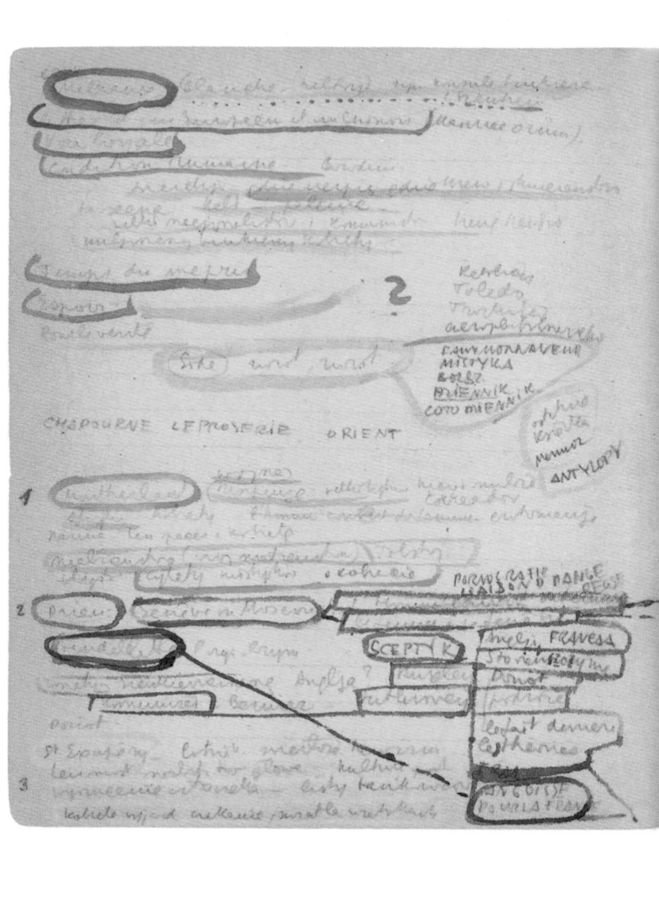

MISTYKA
DZIENNIK
ORIENT
ANTYLOPY
SCEPTYK

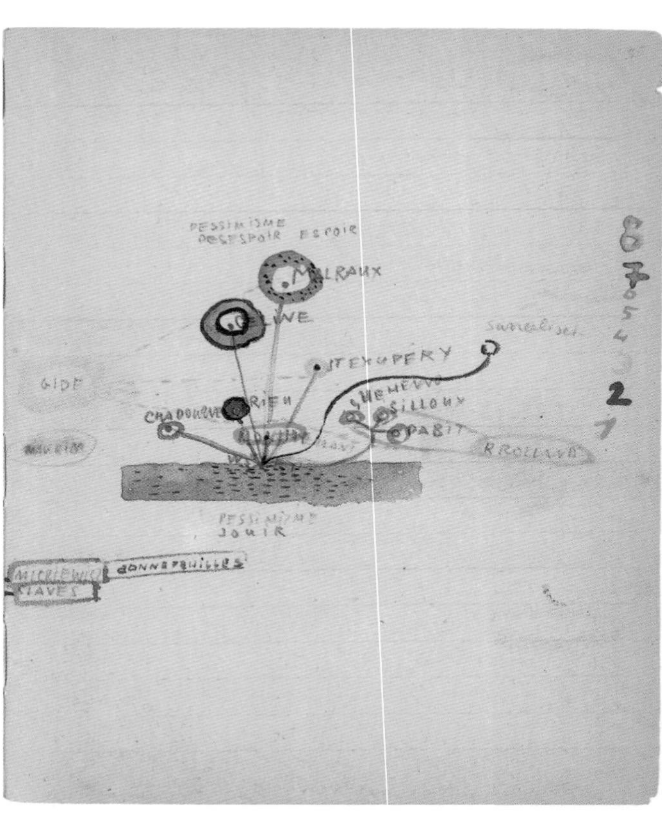
PESSIMISME
DESESPOIR ESPOIR
MALRAUX
CELINE
ST EXUPERY
GIDE
RIEN
PABIT
R ROLLAND
PESSIMISME
JOUIR
SLAVES
8
7
6
5
4
3
2
1

[illegible] – [illegible] (Azbuka) „[illegible]" [illegible]

[illegible]

(„Вечера [illegible]")

(„[illegible]") – tłum. [illegible] Szemiota Litvina [illegible]

wydanie („Akademija") 3 tomy i

Избр. сочинения под ред. Блока

Гослитиздат 1937. 900 str.

[illegible] ze Stendhalem [illegible]

[illegible]

Рылеев 1795–1826. Rilejew

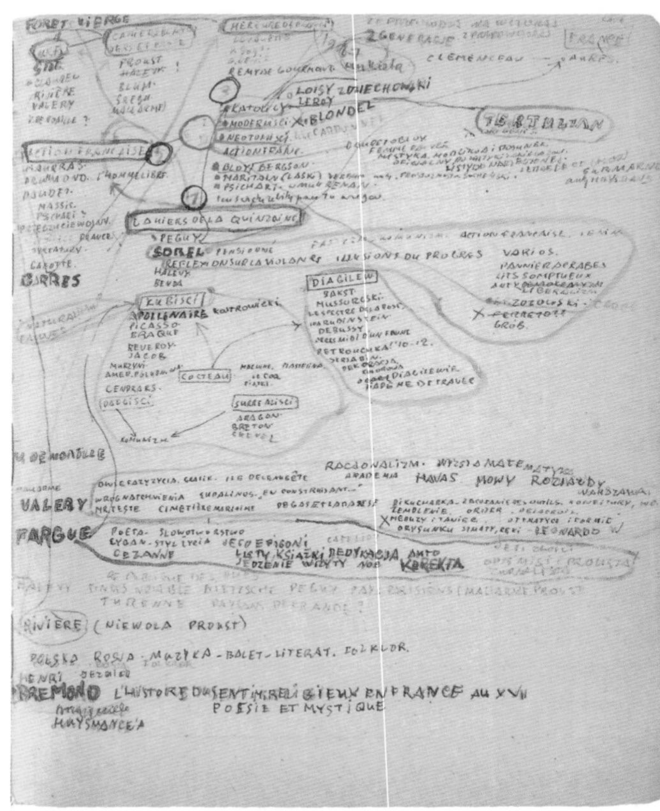

2 GENERACJE
CLÉMENCEAU
PROUST
BLUM
LOISY
BLONDEL
TERTULIAN
ACTION FRANÇAISE
MAURRAS
DAUDET
CAHIERS DE LA QUINZAINE
PEGUY
SOREL
REFLEXIONS SUR LA VIOLENCE
ILLUSIONS DU PROGRES
BARRES
DIAGILEW
BAKST
MUSSORGSKI
DEBUSSY
KUBIŚCI
APOLLINAIRE
PICASSO
BRAQUE
REVERDY
JACOB
CENDRARS
COCTEAU
SURREALIŚCI
ARAGON
BRETON
RACJONALIZM
HAVAS
VALERY
FARGUE
CEZANNE
KOREKTA
RIVIERE (NIEWOLA PROUST)
POLSKA ROSJA - MUZYKA - BALET - LITERAT. FOLKLOR.
BREMOND L'HISTOIRE DU SENTIMENT RELIGIEUX EN FRANCE AU XVII
POESIE ET MYSTIQUE

NOTATKA O ALFONSE DAUDET [illegible] 1940/41.

ur. 1840 w Nîmes. syn zbankrutowanego właściciela małej fabryczki [illegible]
tradycje legitymistyczne.

od 1859 debiutuje pod wpływem [illegible] [illegible] [illegible]

1868 LE PETIT CHOSE. na pół autobiograficzny charakter [illegible]
[illegible] Sorelów i Rastignaców (francuski)

1872 Tartarin z Tarascon.

1876 Jack 1876. ~~Numa Roumestan 1881~~ Sapho [illegible] robotnicze.

Numa Roumestan 1881 pamflet na parlamentaryzm

Sapho (Moeurs de Paris) 1884 bohema

„L'immortel" 1888 powieść pamflet na [illegible] Akademię

„Les Rois en exil" 1879 [illegible] [illegible] [illegible] [illegible]
[illegible] [illegible] [illegible] Bismarcka

„Lettres de mon Moulin" [illegible]

umarł 16 XII 1897.

[illegible] Léon Daudet [illegible] „LE NABAB" [illegible]
[illegible] avec le duc de Morny ([illegible]) [illegible]
[illegible] [illegible] [illegible]

ALFONSE DAUDET.

PROSPERE MERIME

Mérimée umarł 23 IX 1870 r. Z utworów [illegible] „Mateo Falcone"
Puszkin [illegible] Gogol o nim napisał artykuł GDZIE?
[illegible] dla popularyzacji ros. lit. [illegible] [illegible] i [illegible].
~~[illegible]~~ ([illegible])
Przyjaciel Mérimée – [illegible] romantyzm.
Jego dzieło – „La Jacquerie" [illegible] [illegible] XIV wieku
[illegible]
[illegible] St. Barthélemy»
[illegible] Puszkin [illegible] [illegible] [illegible]
[illegible]

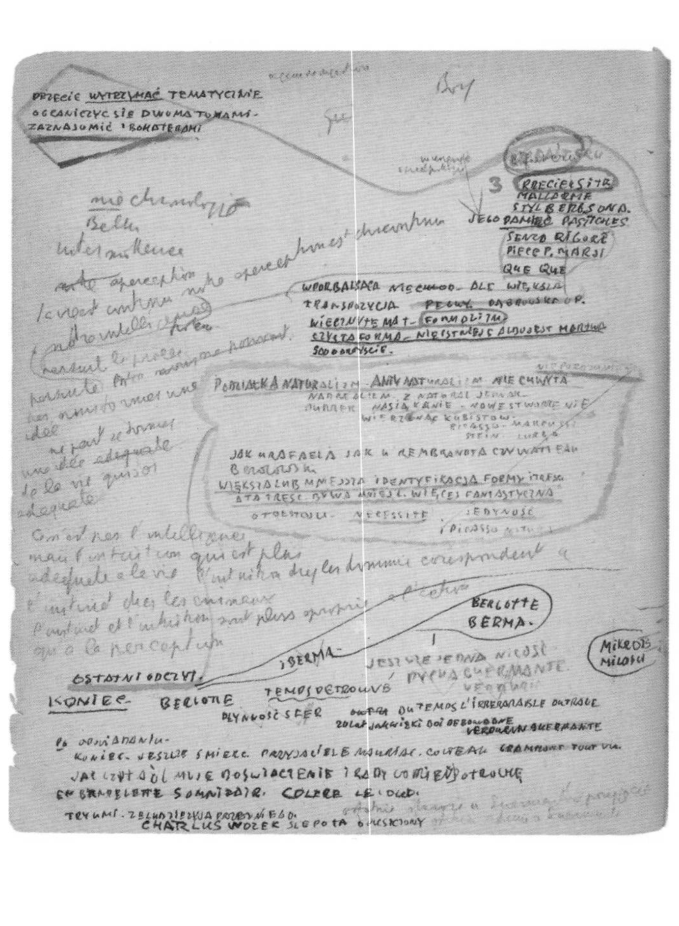
PRZECIE WYTRZYMAĆ TEMATYCZNIE
OGRANICZYĆ SIĘ DWOMA TOMAMI
ZAZNAJOMIĆ Z BOHATERAMI
PRECIEUSITÉ
MALLARMÉ
STYL BERGSONA
JEGO DAR PASTICHES
SENZA RIGORE
BERLOTTE
BERMA.
MIKROBY
MIŁOŚCI
OSTATNI ODCZYT.
KONIEC BERLOTTE TEMPS RETROUVÉ
CHARLUS WÓZEK ŚLEPOTA

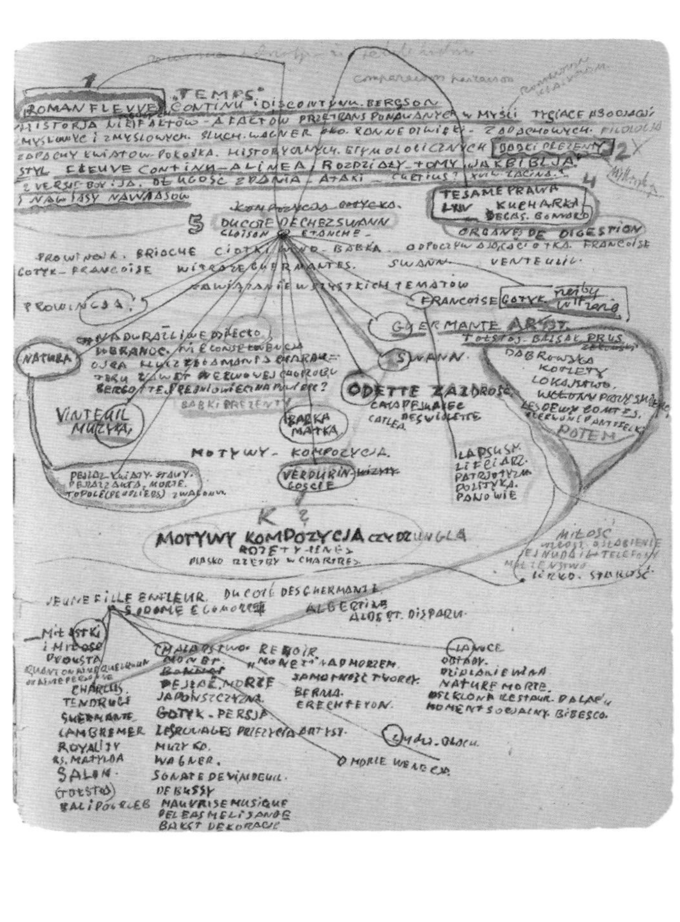

„TEMPS"
ROMAN FLEUVE
CONTINU I DISCONTINU. BERGSON
STYL FLEUVE CONTINU ALINEA
5
DU CÔTÉ DE CHEZ SWANN
4
TE SAME PRAWA
KUCHARKA
ORGANES DE DIGESTION
PROWINCJA
FRANÇOISE
GUERMANTE ARTYST.
TOŁSTOJ. BALZAK. PRUS
NATURA
SWANN
ODETTE ZAZDROŚĆ
VINTEUIL MUZYKA
BABKA MATKA
MOTYWY – KOMPOZYCJA.
VERDURIN
GOŚCIE
MOTYWY KOMPOZYCJA CZY DŻUNGLA
POTEM
JEUNE FILLE EN FLEUR. DU CÔTÉ DES GUERMANTES
SODOME E GOMORRHE
ALBERTINE
MALARSTWO. RENOIR.
JAPOŃSZCZYZNA
GOTYK. PERSJA
WAGNER.
SONATE DE VINTEUIL.
DEBUSSY
CHARLUS.
GUERMANTE
CAMBREMER
SALON.
(TOŁSTOJ)
NATURE MORTE.
BERMA
ERECHTEYON.
O MORZE WENECJA

PROUST, « DU COTÉ DE CHEZ SWANN »

FRANCE. SARAH BERNARD – BERGSON. MALLARMÉ MAETERLINCK DREYFUS. ŻYDZI ANTYSEMITYZM
MIESZCZAŃSTWO I LES NOTABLES. DYPLOMACJA I KUCHARKI. PROWINCJA I HOTELE. WENECJA.
CYTAT Z LERMONTOWA O PARYŻU

DIAGILEW
KUBIZM. FUTURYZM.
ZAGADNIENIE POŚPIECHU
« CHIMERA JAKO ZWIERZĘ POCIĄGOWE »
BRUMMEL
WOJNA CHOROBA
POŚPIECH.

BO A CHEVAL BO ON LATA I 1900 UWIECZNIŁ.

DZIŚ PRZED 1914. WIĘC « DU COTE DE CHEZ SWANN »
POCZĄTKOWA KOMPOZYCJA.

WAHRHEIT UND DICHTUNG

POCHODZENIE. SZKOŁY KOLEDZY · GRECH MALEVY. KRYTYKA I POWIEŚĆ ...
SALON NARD – STRAUSS A. FRANCE. MONTESQUIOU. CLERMONT TONNERRE
DREYFUS MONDAIN HORTENSJE.
BALET ROSS. STOS. DO ARYSTOKRACJI (HISTORJA, WITRAŻE)
GŁUPOTA ŁAJDACTWO
CHOROBA – OD DZIECIŃSTWA – DUSZNOŚCI MARZNIĘCIE CHUSTKA –
KARETA I KWIATY. KOREK – FRAKI FUTRZANE – RITZ ŚMIERĆ MATKI RUSKIN. ŻYWCEM ZAKOPANY.
NASIĄKNIĘCIE (WIELE LAT POTEM – FAREWELL)

Cytat z Lermontowa:
i moje wrażenie
POWIEŚĆ
MARCEL COCTEAU – CENDRARS
NASI FORMIŚCI. SKAMANDRYCI
NA POCZĄTKU.
ROMAN FLEUVE

DZIECIŃSTWO. STRACHY. ZAPACHY. MATCZYNY POCAŁUNEK.
STARE CIOTKI (WINO) I BABKA (PRZEZ OKNO). CIOTKA PRZEZ OKNO. FRANÇOISE.
PIERWSZE KSIĄŻKI. SPACERY. DU COTÉ DE MESÉGLISE. TARNINA? DU COTÉ DE GUERMANTES.

NAAS. SWANN (KASTY) JOCKEY CLUB.
MŁODOŚĆ ZUT ZUT ZUT. :

KONSTRUKCJA ZNISZCZONA PRZEZ WOJNĘ
WOJNA CHOROBA. POŚPIECH.
MUZYKA. Vinteuil. Stolecki

O SWANN ODETTE MIŁOŚĆ. VERDURIN SONATE DE VINTEUIL JEJ AUTOR DEBUSSY. S. SAËNS. ZŁA MUZYKA WAGNER I AUTO.
VERMEER. VERDURIN – KOCHANKI – ZDRADY I MĘKI ZAZDROŚCI. CO ROBI KOCHANKA. MALARZ.
PRZEWRÓCENIE OCENY VERDURIN W BOIS DE BOULOGNE

TŁOMACZENIE BOYA ŁOM ANGIELSKI. NIEMIECKIE
CURTIUS – STYL ZDANIA
XVI WIEK

WYDANIE GIDE RIVIÈRE. JEDEN TOM (RZEKA) SANS ALINEA I TEORJA BOYA.
CZYTELNOŚĆ CZY NIECZYTELNOŚĆ. PRZECIW ROZDZIAŁOM – PRZECIW TYTUŁOM RZEKA NIEUSTANNIE PŁYNĄCA
W KOSZU. KRAWIECTWO.

MALARSTWO BOTICELLI VERMER IMPRESJON. MORZE JAPOŃSZCZYZNA
drzeworyt
Alpy
Szpadzie. łazienny hotel.

ARCHITEKTURA
TROCADERO
VIOLLET LE DUC
GOTYK I PERSJA

NATURA WIEŚ.
DZWIĘKI I MIEJSCE.
PEJZAŻ Z AUTA – WSIE JAK STADA KUCHNI ... JAK ...
MORZE

Griazowiec

1941 VIII

tu daty

12.VI do 1[illegible].VIII.41 r

ТЕТРАДЬ

по ______________________ учени __________

__________ класса ______________________ школы

______________________ ______________________

____

J. Czapski
Bielańska 14
Warszawa

GERICAULT 1791–1824 CONSTABLE 1776–1837
DELACROIX 1799–1856 LAWRENCE
INGRES 1780–1863 [illegible] ANGLICY

[illegible]

NIE RAFAEL MICHAŁOWSKI 1800–1855
NIE GRECJA

ALE RUBENS (1577–1640)
ALE UCZNIOWIE [illegible] (1599–1641)

NIE TEMAT [illegible] ROMANTYZMIE ALE WIZJA. R WE FRANCJI

[illegible]

1
2
3
4
5

STOSUNEK DO LINJI I BARWY
[illegible] BALZAC

DELACROIX BAUDELAIRE
ROZBIJANIE FARBY [illegible] IMPRESJONIZM
NIEBO – PLECY KONSTANTYNOPOL CHAOS (ANTEUSZ)
ZNOWU.

TA WALKA [illegible]
WALKI SMIESZNE

WIDNIE PRZEŻYŁ [illegible] CHARLES
WOJEN KRZYŻOWYCH
REWOL FRANCUSKIEJ

STUTKI – NARAZIE TYLKO DELACROIX –
WIDZI INGRA – MARTWY Z [illegible] –
[illegible] DEGASA GAUGUINA

KULT KLASYCYZMU – NIECHĘĆ DO
[illegible] ROZCZOCHRANIA (CHOPIN)
PRZEINYSZANIE TWARZY – DEFORMACJA –
OFELJA – SZEKSPIR – MITOLOGJA – GRECJA ALGER (W)
JEGO PODRÓŻ. MUZYKA BEETHOVENA CHOPINA
MUZYKA WŁOSKA.

DELACROIX ŻYCIE
TALLEYRAND – ŚWIAT – [illegible] – STARA SŁUŻĄCA
[illegible] NA DZIEŃ
KOMBINACJE FARB – [illegible]

ZARZUC WSZYSTKICH Z FORMUŁKAMI,

MICHAŁOWSKI TEŻ VELASQUEZ, TEŻ GERICAULT I DELACROIX
1800–1855.

DECAMPS.
DELAROCHE, SHEFFER

CZUCIE I WIARA SILNIEJ MÓWIĄ DO MNIE
NIŻ MĘDRCA SZKIEŁKO I OKO

WSTĘP I

RACJONALIZM XVIII
MĘDRCA SZKIEŁKO
STUDENT REWOLUCJA ROUSSEAU ↔ DAVID) GOTYK

WCZUCIE NAMIĘTNOŚĆ
INSTYNKT. ŻYWIOŁ

BYRON

WERTHER NAPOL. W EGIPCIE
CHATEAUBRIAND ATALA. GENIE DU CHRISTIANISME
MAINE DE BIRAN – SPIRYTUALIZM.
Mme de STAEL DE L'ALLEMAGNE
NIEMCY (SCHLEGEL) — SZEKSPIR
B. CONSTANT. O RELIGJACH.
LUDOWOŚĆ.
PIEŚNI OSSIANA
PEJZAŻ ANGIELSKI

SYMETRJA KLASYCZNA JEDNOŚĆ MIEJSCA CZASU I AKCJI ←
MIESZANINA ELEMENTÓW KLASYCZNYCH (DAVID) I ROMANTYCZNE
LINIA GREUZE.
ATALA PO GROBIE.
ZAWSZE NAWET DAVID
NAWET KUBIZM.

ANTEUSZ

U NAS. KOŹMIAN MICKIEWICZ SONETY
O ROMANTYCZNOŚCI MOCHNACKI
FIGA DO CUKRU

DROGA OD WOLTERA DO DZIADÓW – DO PASCALA.
ŚNIADECKI, LUDKO –

CHAOS NIEHISTORYCZNOŚĆ ZARZUTU ANTEUSZ
CHAOS. CHOPINA I DELACROIX.
OD ŁADU DO NOWEGO ŁADU BYĆ CHAOS MŁODOŚCI
U WIELKICH CHAOS DLA CHAOSU ALE LEPSZY CHAOS NIŻ
CUDZY ŁAD BEZ ODPOWIEDNIKA W RZECZYWISTOŚCI PRZETWÓRCE
PRZEŻYWANEJ DELACROIX GERICAULT INGRES

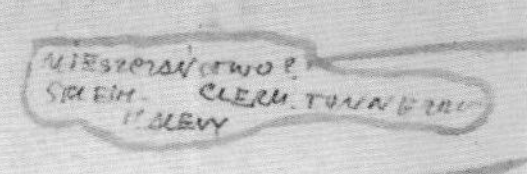

PIERWSZY CO PISAŁ PO POLSKU

KOŁO 1500 — BIERNAT Z LUBLINA

KSIĄDZ REJ IN CAPITE ET MEMBRIS

ZA JEGO KSIĄŻKĘ (PAMFLET ANTYSEMICKI W WENECJI)

W KALWARII ZEBRZYDOWSKIEJ

UCZEŃ KALLIMACH HUMANISTA WŁOSKI WYPĘDZONY

ZA SPISEK → DO POLSKI NAUCZYCIEL SYNÓW KRÓLA JAGIELLOŃCZYKA

DROBNE [illegible]

GIRAUDOUX
GIDE
COCTEAU

RENESANS ANTYKU

O RÓŻNYCH LEKARSTWACH

I SPRAWY KOŚCIELNE

[illegible] LUTRA

TESTES VERITATIS.

KAPELANEM BYŁ NA DWORZE PILECKICH

1 JADWIGA.
2 ANNA CYLEJSKA (JADWIGA)
3 PILECKA [illegible] WDOWA [illegible] STARA [illegible]
4 SONKA HOLSZAŃSKA KAZIM— I WARNEŃCZYK

BOGACTWO SREDNI POZIOM. KRYTYKA PRASA TYGODNIOWA.
SALONY LITERACKIE CO JEST SZTUKA FR.
PANKIEWICZ BOY. ODWAGA (SKWASNIAŁE)
GRAMATYKA BALSAC PROUST RACINE NORW. ZAKRZEPŁ.

INTELIGENCJA SAGESSE ET FOLIE REY MONTAIGNE.
ИТОГИ BAUDELAIRE
NOWE SPOJRZENIE REVISION PRACA NAD
NA XVIII W. BAINVILLE GAXOTTE BASTILLE BRONZOWNICTWO.
HALEVY 70 LAT A- RADYKALIZM GAMBETTA
HALEVY PAYS PARISIEN.
VALERY DEGAS DANSE DESSIN
MAUCLAIR MALLARMÉ
M.

IMPRESJONIZM DEGAS. CEZANNE

EQUILIBRE

BONNARD

KUBIZM MATISSE PICASSO.

PROUST

MANET

B. CONSTANT NIEZNANY.
CHATEAUBRIAND- NIEZNANY

PISARZE MALARZE = KRYTYCY.

RACINE MAURIAC GIRAUDOUX
ST. BEUVE MES POISONS CREMIEUX - CALIBAN RENAN
GONCOURTY.
MAUROIS- CHATEAUBRIAND MME DE STAEL ETC. WALKI- (VIES ROM. STRACHEY)
MAURIAC FLAUBERT ROUSSEAU
CIĄGŁOŚĆ
POLEMIKA WEWNĘTRZNA
DWA GŁOSY- PASCAL MAURIAC.
MONTAIGNE MALRAUX. GIDE

WENECJA. DELACROIX- CEZANNE DZIŚ.
RAFAEL- INGRES KUBIZCI DZIŚ.

PRZEZWYCIĘŻENIE CIASNOTY (BENDA)
WPŁYWY KLASOWEJ NARODOWEJ
100 ODOT DE REME

PROUDHON-

ST. BEUVE FLAUBERT
THIBAUDET SALONY DAUDET MAURIAC LIBRAIRIE WALSER

FOUS ET SAGE.

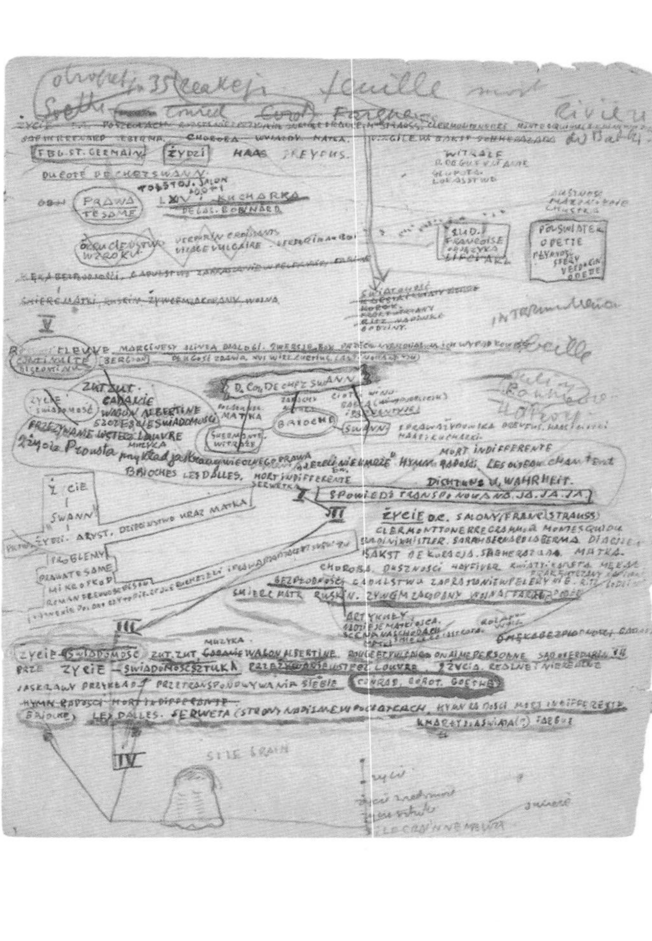

FBG. ST. GERMAIN
ŻYDZI
HAAS DREYFUS.
WITRAŻE
PRAWA TE SAME
KUCHARKA
V
BERGSON
ZUT ZUT
WAGON ALBERTINE
MATKA
BRIOCHE
SWANN
MUZYKA
MORT INDIFFERENTE
BRIOCHES LES DALLES.
DICHTUNG U. WAHRHEIT.
SPOWIEDŹ TRANSPONOWANA JA. JA. JA.
ŻYCIE SWANN
III
IV
ŻYCIE – ŚWIADOMOŚĆ – SZTUKA
CONRAD, PROUST, GOETHE
LES DALLES.

A B WNIOSKI MOJE NICOŚĆ ROZKOSZY NIGDY DENERWOWAŁA
SCHOPENHAUERYZM. NICOŚĆ CHCENIE. ŻERONSKI
HEUR LESSONNES [illegible]
PERŁA
1 FRANCE A WIERZCHY UCZULENIA ZMYSŁÓW HEDONIZM
ŚWIAT NICOŚĆ AVENTURES AMOUREUSE LA NOCE. L'ART L'ARGENT
ŻEVIN
LE LUXE

2 ŚWIAT I SWANN.
KONIEC SWANNA
INDIFFERENCE EGOISME
PANTOFELKI POGRZEB LOS ODETTE.

ORGUEIL
3 NICOŚĆ PYCHY GUERMANTE. VERDURIN AMERYKANKI.
PRZYCHTY
RUCHELA
MATIÈRE
CHAELUS

4 DU TEMPS L'IRRÉPARABLE OUTRAGE. ODETTE, ST LOUP, GUERMANTE.
PHÈDRE. BOIS DE BOULOGNE

5 CELEBRITÉ. BERMA SARAH BERNARD
6 AMOUR. AVENTURE. [illegible] PERVERSION MASOCHISME TOUT. X [illegible] - ŚLEPOTA
6 HUBERTINE ODETTE NAWET NIE PAMIĘTA.

ARTISTE MÊME
PAS IDENTIFIÉ MUR MUR ROSE

CEL.

DOSTOJEWSKI

7 BERGOTTE. [illegible] MALADIE VERMEER.
ANGES [illegible] DE PLUYS
VEILLAIT.
DIEU VERMEER. BENI LES [illegible] — FARLHETONM
JEGO TRYUMF. JEGO ŚMIERĆ
CZY UMARŁ
OSTATECZNIE
ŻE BĘDĄ W!

UNE PERLE
HEUREUSE

8

[illegible] MISÈRE

A MORT INDIFFERENT

6 [illegible]

X solitude

X FRANCE ÉCRIVAIT POUR JOUIR
SUCCÈS CHEZ LES FEMMES

프루스트 강의
1941년 그랴조베츠

프루스트의 책이 내 손에 들어온 것은 1924년 무렵이었다. 파리에 온 지 얼마 되지 않았던 내가 프랑스 문학에 대해 아는 거라곤 클로드 파레르[5]나 피에르 로티[6]의 장르 소설 정도가 전부였다. 문체로 볼 때 이렇다 할 독특함이 없거나, 반대로 프랑스어적 관점에서 볼 때 로맹 롤랑처럼 그다지 전형적이지 않은 작가를 좋아했던 나는 이제 이 나라의 현대문학을 한번 접해봐야겠다고 생각하고 있었다.

당시는 『클레브 공작부인』[7]처럼 짧은 소설인 레몽 라디게[8]의 『오르겔 백작의 무도회』가 대성공을 거둔 때였고, 장 콕토나 블레즈 상드라르, 폴 모랑처럼 전보문電報文 같은 짧고 건조한 문장을 구사하는 작가들이 명성을 떨치던 시절이었다. 프랑스인이 아닌 내가 아는 프랑스 문학이란 이 정도로 피상적인 것이었다.

또한 당시 스톡 출판사에서는 레옹 블루아[9]의 『가련한 여인』을 재간행했고, 잘 알려지지 않은 그의 다른 작품들도 출판하고 있었다. NRF[10]에서는 샤를 페기의 작품을 재출간했다. 그리고 이 시기, 그때만 해도 '어떤 작가' 정도로만 알려져 있던 프루스트의 『잃어버린 시간을 찾아서』가 연이어 출간되고 있었다. 1919년에 이 작품은 공쿠르상 수상작이 되었고, 그로부터 얼마 뒤에 프루스트는 사망했다.[11]

라디게의 『오르겔 백작의 무도회』 같은 고전적인 작품이나 콕토의 재기 넘치는 시에 매료되었던 나는 샤를 페기가 『잔 다르크』에서 그려낸 것과 같은 신비한 세계에 경도되어 있었다. 이미 한 이야기를 하고 또 하고 무한히 반복하는 그 마법 같은 기묘한 스타일에 왠지 끌리기는 했지만, 프루스트와 나를 갈라놓는 장벽을 극복하기란 쉽지 않았다. 나는 『잃어버린 시간을 찾아서』 중 한 권을 먼저 읽기 시작했다(아마 「게르망트 쪽」이었던 것 같다). 사교계에 입문하는 장면을 길게 묘사한 구절이 있었는데, 몇백 페이지는 되었던 것으로 기억한다.

나의 프랑스어 실력은 그렇게 대단한 편은 못 되어서 이 작품의 정수를 맛보거나 이전에는 본 적 없는 특유의 형식을 다 이해할 수는 없었다. 그럼에도 뭔가가 일어나고 있다는 것만은 알 수 있었다. 흔히 쓰는 단어들이 나오고, 행동이 구체적으로 묘사되는 부분은 따라갈 수 있었다. 그러면서 나는 이 책에 익숙해져갔다. 하지만 어딘가 대단해 보이는, 뭔가가 분명 흘러넘치는 듯한 이 책을 소화할 만한 문학적 소양이 그 시절 내게는 없었다. 이 책은 당시 우리가 지닌 시대정신과 비슷한 무언가를 다루고 있는 듯했다. 하지만 동시에 그와는 너무도 다른 모순된 무언가가 그 안에 있었다. 그 시대의 마지막까지 이어질 것만 같은, 완전히 새로운 어떤 법칙이 한 순진무구한 젊은이의 마음속에 출현하고 있었던 것이다. 무한히 계속되는 지엽적 요소들로 이루어진 어마어마한 문장들, 다양하고 서로 동떨어져 전혀 예측할 수 없는 조합들, 얽히고설킨 주제들, 그리고 이 모든 것들을 어떤 서열이나 체계 없이 다루는 기묘한 방식들, 극도의 정밀함과 풍요로움……. 나는 마침내 이런 스타일이 갖는 가치를 감지하기에 이르렀다.

1년이 지난 어느 날, 우연히 『잃어버린 시간을 찾아

서』의 열한 번째 권*인 「사라진 알베르틴」을 펼친 나는 순식간에 그것에 사로잡혔다. 첫 장부터 마지막 장까지 단숨에 읽어버렸다. 고백하자면, 그때 나를 사로잡은 것은 프루스트가 다루는 이야기와 그것에 담긴 의미였지 문학적 질료나 형식이 아니었다. 사라진 알베르틴과 버림받은 남자의 절망 그리고 불안, 자꾸만 머릿속에 떠오르는 온갖 형태의 질투와 고통스러운 추억들을 열병에 걸린 듯 묘사하며 그 모든 것을 탐색하는 이 무시무시한 작가는, 난삽해 보일 정도로 복잡한 수많은 디테일을 선보였다. 그리고 동시에, 그것들의 조합으로써 심리를 해석하는 예지가 곧장 내 가슴을 밀고 들어왔다. 그때껏 한 번도 본 적 없는 새롭고 정밀한 심리 분석의 기구를, 새로운 시의 세계를, 그리고 보석 같은 문학의 형태를 이 작품에서 발견했다는 사실을 나는 나중에야 깨달을 수 있었다.

그나저나 이 많은 양을 어떻게 읽을 것인가? 이 촘촘히 쓰인 수천 페이지를 어떻게 소화해야 하고, 또 시간은 어떻게 낼 것인가? 그런 고민들에 휩싸여 있던 나는 장티푸스에 걸려 여름 내내 아무것도 할 수 없게 되었는데, 공교롭게도 작품 전권을 다 읽을 수 있는 시간을 번 셈이었다. 어느 부분은 셀 수도 없을 만큼 여러 번 읽었다. 그때마다 매번 새로운 느낌을 받고, 새로운 관점이 생기는 것이 여간 신기하지 않았다.

프루스트는 1890년부터 1900년까지는 자신의 문학과 세계관을 수련하고 발전시켰으며, 1904년 또는 1905년부터[13] 1923년✤✤에 걸쳐 모든 작품을 창조했다. 프랑스 문학과 예술운동에 있어 이 시기는 무엇을 표상하고 있을까?

잠시 회고해보자. 1889년은 자연주의의 수장인 에밀 졸라의 제자들이 반反자연주의 선언을 한 해로, 반자연주의 운동은 자연주의 진영은 물론 그 수장인 졸라에게까지 영향을 미쳤다.[14] 스테판 말라르메와 모리스 마테를링크로 대표되는 상징파의 시대가 온 것이다. 말라르메는 프루스트가 다녔던 고등학교의 교사이기도 했다.

또한 1890~1900년대는 인상주의가 승리한 시기였다. 존 러스킨[15]이 소개한 이탈리아 프리미티비즘[16]이 인기를 얻은 해였으며, 프랑스에서는 특히 바그너의 음악이 유행

✤ 사실상 열세 번째 권이다.[12]

✤✤ 프루스트는 1922년에 사망했다. 『잃어버린 시간을 찾아서』 마지막 몇 권은 그의 유작이다.

했다. 인상주의의 몇몇 요소는 발전을 거듭했다. 엄밀히 말하면, 인상주의의 지나친 자연주의적 감각을 반박하며 신인상주의가 시작되었다. 음악에서는 드뷔시가 혜성처럼 등장했다. 드뷔시의 음악은 인상주의 및 신인상주의 회화와 결을 같이하는 것이었다. 또 『창조적 진화』라는 저작으로 명성을 얻은 앙리 베르그송이 콜레주드프랑스에서 연속 강의를 하던 때였다. 연극계의 정점에는 여전히 사라 베르나르가 있었다. 한편 1900년 이후의 러시아 음악이 새롭게 조명되었다. 눈부신 장식의 오리엔탈리즘풍 연출이 돋보이는 세르게이 디아길레프의 러시아 발레가 인기를 끌었으며, 뒤이어 모데스트 무소륵스키, 레온 박스트[17] 그리고 「셰에라자드」가 등장했다. 오페라계는 「펠레아스와 멜리장드」 같은 작품으로 명성을 떨친 마테를링크와 드뷔시가 장악했다.

위에 열거한 내용은 프루스트의 창조적 감수성이 어떤 토양에 뿌리를 내리고 있는가를 잘 보여주는 것들로, 그의 작품 속에서 우리가 다시 만나게 될 예술적 사건들이기도 하다.

(사실주의의 마지막 단계라 할) 자연주의와 그 대척점에 있는 상징주의는 19세기 말에 무척 풍부하고도 미묘

하며 다양한 예술운동을 만들어냈다. 둘은 서로 부딪고 얽히면서 깊이 상호 작용했지만, 교과서에는 이런 흐름이 너무 제한적인 분류로 도식화되어 있을 뿐이다. 말라르메는 자연주의의 창시자 가운데 한 사람인 공쿠르 형제와 평생을 교유했으며, 졸라와도 가까이 지냈다. 특히 졸라는, 만일 자신에게 조금만 더 시간이 있었더라면 기꺼이 '말라르메'처럼 되었을 거라고 말하기도 했다. 말라르메에게서 발견한 시적 요소들이 자신의 자연주의 이론과 전혀 배치되지 않는다는 뜻이었다.

화가 드가는 말라르메와 내밀하게 사귄 친구였다. 이른바 양립 불가능한 것들이 서로 얽혀서 짜여 있던 당시 예술의 형식을 훨씬 고양된 형태로 표현한 것이 바로 드가였다. 드가는 들라크루아와 앵그르를 함께 좋아하고 찬미했다.[18] 그는 초기부터 인상주의 화가들의 방식을 좇아 무희들이나 경주 중인 말, 손에 막대기를 들고 하품하는 세탁부들을 그렸다. 하지만 한계까지 대상을 철저히 분석하는 그의 작업 방식은 자연주의에 가까운 것이었다. 그는 이전의 예술이 거의 탐사하지 않은 파리의 모습이나 생활상을 마치 즉석 사진을 찍듯 정확하고 냉철한 눈으로 포착하여 연구했으며, 그로 인해 동료 인상주의 화가들과 대립

하는 양상을 보이기도 했다. 인상주의 화가들은 붓질 자국 하나 없는 깨끗한 표면이나 완벽한 균형을 갖춘 구성, 그리고 추상성 같은 원칙과 규칙을 멸시하며 고전주의적 기법을 자제한 반면, 드가는 그런 것에 얽매이지 않았다. 드가는 조화와 구성이라는 추상성과 물리적 실재에서 느끼는 즉각적 감성을 하나로 만들기 위해 노력했다. 다르게 말하면, 그는 평생 동안 니콜라 푸생으로 대표되는 고전주의의 전통과 인상파 화가들이 행한 탐색을 연결하려고 노력했다. 폴 발레리가 그토록 찬미했던, 말라르메의 '절대 순수의 소네트'와 같은 구성을 시도한 것도 다름 아닌 드가였다. 『잃어버린 시간을 찾아서』의 화자-주인공은 당대의 예술과 관련해서는 드가에게 가장 높은 정통성을 부여한다.

프루스트의 관점은 이런 19세기 말의 경향에서 나온 것이다. 19세기 말은 프랑스 예술이 최고의 순간을 맞았던 때로, 수많은 천재적 작가들을 배출한 시기다. 시대를 다 찢어발길 것처럼 뿌리 깊은 모순과 대치가 만연한 가운데 예술은 이를 모두 극복하고 마침내 어떤 종합의 단계에 이르렀다. '추상성'과 '실재 세계를 즉각적으로 받아들이는 정확한 감각'이 하나가 된 것이다. 그런데 이러한 '종합'은 추상적이고 지적인 요소들로 만들어내는 개념에서 나오는 것이 아니라, 한 분석가의 매우 사적인, 못내 예민한 경험으로부터 비롯되는 것이다.

문학에서는 상징주의로 대표되고 회화("이 신성한 자연")에서는 고갱으로 대표되는 비非자연주의 운동[19]은 그 충만하면서도 짧은 시기를 끝내고 1907년에 마침내 입체주의에 이른다. 다시 말해, 현실에 대한 연구는 더 이상 이루어지지 않는 예술이 탄생한 것이다. 아직은 세계대전[20]이 벌어지기 전이었다. 입체주의는 이탈리아에서 일어난 미래주의와 충돌했다. 미래주의는 프루스트에게는 성소라 할 미술관을 모두 파괴할 것을 주장하기도 했다.[21] 하지만 개인적인 불행, 또는 강도 높은 노동, 아니 그의 병 탓에, 아니 그 '덕분'에 프루스트는 자신만의 세계에 유폐되어 있었다. 자기 작품에만 빠져 있던 프루스트는 당시의 예술 경향에서 완전히 벗어나 독립적인 예술 세계를 추구할 수 있었다.

세계대전 이후에는 입체주의와 미래주의, 또는 그로부터 파생한 사조들이 세력을 만방에 떨쳤다. 입체주의와 미래주의 예술가들은 요란하면서도 능수능란하게 자기 주장을 설파하며, 이제 다른 모든 예술은 수명이 다했다고 확신했다. 그런 그들이 보기에 프루스트의 작품은 첫눈에도 자기들과는 전혀 다른 세계에서 온 것 같았다. 과장과 허식으로 가득했고, 옛 부르주아의 분위기를 풍겼으며, 낡아빠진 스노비즘[22]으로 가득 차 있었다. 전쟁 이후 파리는 물론 유럽 전역에 쇄도한 '야만족'에게 프루스트는 당황스럽고 받아들이기 힘든, 기묘한 무엇이었다.

위대한 작품은 어떤 방식으로든 작가의 실제 삶과 관련돼 있게 마련이다. 이런 연관성이 아주 확실하게, 아니 거의 완벽하게 드러난 예가 프루스트와 그의 작품이다. 『잃어버린 시간을 찾아서』의 주제는 프루스트의 삶 자체이거나 그것을 약간만 변형한 것이다. 조금 감춰놓긴 했지만, 주인공을 '나'로 표현하고 있어서 모든 페이지가 마치 프루스트의 고백인 것 같은 느낌을 준다. 우리는 소설 속에서 손자를 지극히 아끼고 정성스럽게 간호하는 프루스트의 할머니를 만나게 되는데, 여러 특징을 종합해 봤을 때 할머니라기보다 어머니처럼 느껴진다. 샤를뤼스 남작의 모델은 당시 사교계에서 개성과 화려함으로는 가장 눈에 띄는 인물이었던 몽테스키외 남작이다. 프루스트는 1900년대의 사교계를 실제 그대로 재현하지는 않지만, 나름 재창조해 그려낸다. 주인공은 프루스트처럼 어떤 지병을 앓고 있고, 프루스트가 살았던 곳과 같은 지역에 산다. 이 작품의 주인공은 젊은 날의 프루스트처럼 창작자로서 자신의 무능함에 고통스러워하며, 프루스트처럼 예민한 감수성을 지녔다. 또한 프루스트와 마찬가지로 할머니(어머니의 어머니)를 잃은 슬픔과 고통 속에서 정신적 분열을 겪으며, 비현실적인 감정과 삶의 감각적 쾌락 속에서 결정적 깨달음을 얻는다. 작가의 진짜 삶과 현실이 창작물 속에 그대로 녹아 있는 것이다.

프루스트의 친구들은 성숙한 남자, 깨어 있는 작가가 된 친구를 새롭게 발견한다. 통찰력 있는 자들은 일찌감치 그의 위대함과 천재성을 알아보았다(프루스트에 관한 가장 아름다운 연구물인 『프루스트를 추모하며』✣는 1924~1926년 프랑수아 모리아크, 장 콕토, 앙드레 지드, 라몽 페르낭데즈, 폴 모랑[23] 등이 쓴 글을 모아 NRF에서 출판한 것이다. 이들 가운데 특히 레옹폴 파르그의 글을 통해 나는 프루스트가 가진 강렬하고 날카로운 면모를 알게 되었는

✣ *Hommage à Marcel Proust*, Paris, Gallimard, 1927. *Les Cahiers Marcel Proust*, volume 1.

데, 다른 저자들의 글은 기억이 잘 나지 않는다).

프루스트는 젊어서부터 파리에서 가장 우아하다고 알려진 유명 살롱에 출입했다. 알레비 태생의 스트라우스 부인은 당시 프랑스 상류층 부인들 가운데 가장 지적인 여성이라 할 만했는데, 그녀는 프루스트를 "나의 작은 시동 mon petit page"[24]이라고 불렀다. 당시 검고 아름다운 눈을 가진 열여덟 살 소년이었던 프루스트는 격주마다 열리는 이 모임에 참석해 항상 그녀의 옆자리에 앉았다. 나중에 그는 카이야베 부인과 아나톨 프랑스가 연 살롱의 단골이 되기도 했다. 프루스트는 카이야베 부인의 살롱에서 당대 정치계와 문학계 인사들을 여럿 만났다. 또한 포부르 생제르맹[25]의 가장 은밀하고 폐쇄적인 사교계에도 발을 들여놓았다.

그런데 스무 살 무렵, 프루스트는 자신이 어린 시절부터 앓아온 병이 결코 나을 수 없는 종류의 질환이라는 사실을 알게 된다. 그는 이에 대응하고자 한다. 병을 필요악이라 여기고 자기 생활을 관리하는 방식으로 말이다. 많은 친구들이 프루스트가 죽고 나서야 그의 건강이 얼마나 좋지 않았는지를 깨닫게 된다. 그런데도 생전에 그토록 활기찼다니 놀라운 일이었다. 젊은 시절 그의 외출은, 그가 몹시 앓고 나서 잠시 몸 상태가 괜찮아진 며칠 혹은 몇 주 사이에 이루어졌던 것으로 보인다.

나이가 들면서 프루스트는 어떤 냄새, 아니 어떤 향기도 참을 수 없게 된다. 친구들이 향수 뿌린 손수건을 호주머니에 넣고 집에 찾아오면 프루스트는 대뜸 이렇게 말했다. "좀 나가주게나. 아니면 손수건을 문밖으로 집어 던지든지." 그런데 그는 일찍이 사과나무에 대해서는 정말이지 감탄스러운 묘사를 하지 않았던가. 어느 봄날 그는 과수원을 다시 보고 싶어 여행을 결심하고 파리를 떠났는데, 아니나 다를까 여행 내내 차창은 완전히 닫혀 있었다. 그토록 소중한 사과나무 꽃도 차창 너머로만 보았을 뿐이다.

프루스트는 작품 집필에 들어가면 작은 소리도 참지 못했다. 생애 마지막 몇 해 동안 그는 벽 전체를 코르크로 덮은 방의, 피아노 바로 옆에 붙여놓은 침대에서 거의 누워 지냈다. 책들이 피아노 위에 산더미처럼 쌓여 있고, 침대 옆 탁자는 약봉지와 신경질적으로 쓴 듯싶은 원고들로 그득했다. 프루스트는 오른쪽 팔꿈치에 몸을 기대고 누워서, 다시 말해 가장 불편한 자세로 글을 썼는데, 어느 편지에 썼듯 그에게는 "글을 쓰는 것이 순교" 같았다.

이미 말했지만 프루스트는 늘 몸이 좋지 않았기에, 그

의 삶에서 어머니의 역할은 막중했다. 어머니는 아들을 열렬히 사랑했다. 정성스럽게 그를 간호했고, 단 한 번도 그의 곁을 떠난 적이 없었다. 프루스트는 어머니가 돌아가실 때까지 특유의 여성적인 섬세함으로, 지적이고 부드러우며 세상에 오직 하나뿐인 그녀의 사랑을 깊이 호흡했다. 그렇지만 감성적이고 지성적이면서 예술적 열정에 불타던 프루스트였기에, 아마 그는 자신에게 어머니란 없어서는 안 되는 존재라는 사실마저 잊고 있었을 것이다. 젊은 날 프루스트의 친구들이 그를 속물이나 낙오자로 볼 때도, 적극적이고 현실적인 성격을 가진 아버지가 그렇게 무기력하고 무능력해서는 끝내 자기 직업을 가질 수 없을 거라며 그를 못마땅해할 때도, 어머니만은 아들의 재능과 천재성을 끝까지 믿어주었다. 프루스트도 그런 어머니를 향한 자신의 사랑을 소설 속에 강조하여 옮겨 넣었다(소설 속 할머니 묘사의 상당수는 어머니에 대한 것이라 볼 수 있다). 또 그는 젊은 날의 자신이 얼마나 이기적이었는지, 그럼에도 어머니의 사랑은 얼마나 절대적이고 숭고했는지, 그런데도 자신은 그것을 깨닫지 못한 채 얼마나 무감하게 무능력 가운데 있었는지를 소설 속에 옮겨 이야기하고 있다. 어머니의 죽음 이후 소설 속 어머니에 대한 묘사가 차갑고 뚜

렷해진 것은, 은폐하면서도 폭로하는 방식으로 자신의 잔혹성과 냉혹한 천성을 드러내려는 그의 의도로 보인다. 자기 분석가이기도 한 이 작가는 인간이 으레 갖는 자기애나 욕망에서 자신만은 자유롭다는 걸 보여주려 했거나, 아니면 그렇게 스스로를 수정 또는 미화했을 것이다.

한 예로, 주인공이 열대여섯 살 정도 되었을 때 샹젤리제의 공원에서 오후 나절을 보내다 질베르트라는 젊은 아가씨를 만난다(질베르트는 스완과 그의 정부였던 오데트의 딸이다). 그녀와 저녁 식사를 하기로 약속한 날, 그는 당장 공원으로 뛰쳐나가고 싶어 안달하지만 용케 참는다. 훨씬 전의 일이지만, 이는 소년이 옛 시골집에서 잠자리에 들지 못한 채 엄마가 해줄 저녁 키스를 기다리면서 느꼈던 고통의 강도에 비견할 만하다. 그런데 그날따라 할머니의 귀가가 늦어진다. 병증이 있던 할머니는 매일 저녁 식사 전에 마차를 타고 나가 바람을 쐬고 들어오시곤 했는데, 그날은 도무지 오시지 않는 것이다. 주인공은 순간 이런 생각부터 한다. "할머니 심장이 다시 위기를 맞은 거야. 할머니는, 아마, 돌아가셨을 거야. 그러면 나도 샹젤리제에서의 약속에 늦겠는걸." 이어 객관적 분석을 덧붙이고는 무심하게 말한다. "누군가를 사랑하게 될 때면 아무도 사랑하지 않게 돼."* 이런 묘사들을 보면 할머니와 손자의 관계가 마냥 애정으로 가득 차 있기만 했던 건 아닌 듯하다. 거기엔 빛과 그림자가 모두 있었을 것이다. 직접 체험하지 않고서는, 정말 사적이고 내밀한 체험을 하지 않고서는 온전히 표현할 수 없는 것들이 소설에 흔적처럼 드러나 있다.

프루스트의 어머니는 1904~1905년 무렵 사망했다.[27)]프루스트가 최초로 겪은 큰 불행이자, 아픈 상처였다. 사교계에 드나들고, 예민한 데다 병약하며, 모든 게 미완이고 카오스 같았던 프루스트의 삶은 그의 글쓰기를 더 힘들게 만들었고 병세 또한 악화시켰다. 아마 이 두 가지로 인해 그의 어머니도 알게 모르게 괴로워했을 것이고, 그러다 결국 무너졌을 것이다. 어머니의 죽음이 너무나 비통했던 프루스트는 한동안 사교계에 모습을 드러내지 않았다. 아들이 작가가 되기를 바랐던 어머니의 꿈을 생각할 때마다 괴로움은 배가되었다. 그때까지 그가 쓴 것이라곤 잡지에 실린 글 몇 편이 전부였다. 소년 시절 이미 그의 안에서 꿈틀거리던 것을 자기만의 독특한 관점에 따라 쓴 글(당시에는 덜 알려진 「기차를 타고 가는 길에 본 포플러 길」**과 『기쁨과 나날』***이 있었지만, 그리고 그 글들이 그가 곧 쓰게 될 위대한 작품을 예고하는 것이기는 했지만, 그는 위대한 작품을 쓰는 것은 아직은 불가능하다고 스스로 여기고 있었다.

프루스트는 문학에 자신을 붙들어두기 위해 어마어마한 글쓰기 노동을 시작한다. 단순히 지나가는 흥분과 열정에 사로잡혀 그런 것이 아니었다. 코에서 단내가 나도록 매일같이 힘겹게 노동을 수행할 수 있는 능력이 자기 안에 키워져 있었기에 가능한 것이었다. 그는 존 러스킨의 전집을 번역하기 시작한다. 러스킨은 당시 프루스트의 세대에 크나큰 미적 영감을 준 작가였다. 이탈리아 프리미티비즘 예술의 발견이나 베네치아 숭배, 그리고 1890~1900년 무

✣ "왜냐하면 질베르트를 만나지 않고는 하루도 버틸 수 없는 나였지만 (한번은 할머니가 저녁 식사 때까지 돌아오지 않아서, 할머니가 마차에 치인다면 얼마 동안은 샹젤리제로 가지 못할지도 모른다는 생각마저 들 정도였다. 누구나 사랑을 하면 더 이상 아무도 사랑하지 않는 법이다.) 그녀 곁에 있는 이 순간들이, 전날부터 그토록 초조하게 기다리던 이 순간들이, 내가 몸을 떨며 다른 모든 것을 희생할 수 있었던 이 순간들이, 나는 전혀 행복하지 않았다."(마르셀 프루스트, 『잃어버린 시간을 찾아서 2—스완네 집 쪽으로 2』, 김희영 옮김, 민음사, 360~361쪽).[26)]

✣✣ 「Impressions de route en automobile」. 1907년의 글이다.

✣✣✣ 1896년에 출간된 산문시집.

렵에 유행한 보티첼리를 향한 경배 등은 모두 러스킨에게서 비롯된 것이다. 프루스트는 자신이 번역한 러스킨의 작품을, 직접 쓴 뛰어난 서문과 함께 선보였다. 이로써 프루스트는 인생의 두 번째 단계로 접어드는데, 이때 그는 사교계 생활과 감상적 삶 속에 처음 몸을 던졌을 당시와 마찬가지로 절제하기 힘든 열정에 사로잡혀 있었다. 프루스트는 자신의 문학 작업에 틀어박힌다. 이때부터 죽을 때까지 문학에 완전히 파묻혔고, 그의 방은 코르크 벽으로 에워싸여갔다. 말년에 그는 몇몇 살롱이나 리츠 호텔 등지에 가끔 모습을 나타내기도 했지만, 이따금 갑작스럽게 행해진 외출일 뿐이었다. 프루스트는 여전히 자신의 새롭고 거대한 또 하나의 인간 희극을 위해 모든 것을 명확하게 보고, 조절하고, 통제하고, 채집하고 있었다.

이토록 열정적이면서 편협할 만큼 이기적인 자에게 느리고 고통스러운 변화가 찾아온다. 그것은 이토록 뜨거운 피로써 사는 자에서 자신을 잡아먹고 파괴하는 작품에 스스로를 완전히 내주는 자로 변모하는 것이다. 이 변화는 창조자 앞에 내려진 하나의 판결이었다. "한 알의 밀알이 죽지 않으면……." 창조자인 예술가에게 이것은 다소 의식적이거나 혹은 일반적인 다른 방식으로 일어난다. 괴테는 어느 작가의 전기에서, 서른다섯 살까지의 삶은 헤아려야 하고 또 헤아릴 수 있지만 그 후는 삶이 아니라 자기 작품과 벌인 투쟁의 결과라고 말했다. 결국 한 작가의 삶에서 중심이 되며 점점 더 흥미로워지는 것은 작가의 삶 자체가 아니라 그의 작품이다.✤ 그러나 한 예술가의 안에서 이처럼 두 삶이 명확히 분리되는 것은 매우 드문데, 이를테면 고된 문학 작업을 위해 서른여섯의 나이에 배와 바다를 영원히 떠난 조지프 콘래드[29]가 그에 해당할 것이다. 반면에 카미유 코로[30]는 삶에 특별한 드라마나 투쟁이 없는 예술가 유형이다. 시골 포목상의 아들로 태어난 그는 거의 매일을 회색빛 같은 똑같은 삶으로 보냈다. 그의 곁을 지켜준 연인이 있었다면 그것은 오로지 예술일 것이다. 더 논의할

✤ 〔저자 주〕 글이 왜곡되었다면 오로지 내 기억에만 의존해 인용한 까닭일 터다. 바실리 로자노프[28]는 정확하지 않거나 틀린 인용들로 비평가들에게 공격을 받자 이런 독설로 답했다. "정확하게 인용하는 것처럼 쉬운 것은 없다. 책에 있는 대로 했는지 확인만 하면 되기 때문이다. 그러나 완전히 당신 것이 될 때까지, 당신 안에서 그것이 변모될 만큼 인용에 당신 자신을 동화하는 것이야말로 지극히 어려운 일이다." 만일 내가 잘못 인용했다면, 그것은 책을 확인할 수 없는 이례적 상황 때문이다. 로자노프처럼 다소의 건방짐, 아니 천재 작가로서의 권리 같은 것을 가져서가 아니다.

수 있는 복잡한 문제가 있지만 지금 여기서는 간단하게 언급만 하겠다.[31] 그래도 나는 코로의 그림에서 그의 삶을 엿보려는 시도가 아주 틀린 것은 아니라고 생각한다. 코로의 그림에서 볼 수 있는 부드러운 풍경 그리고 그것과 조화와 균형을 이룬, 너무나 잘 표현된 돌과 벽의 묘사는 그가 모든 복잡한 사회문제 및 시대 문제로부터 벗어나 있었기에 가능한 것이었으리라 본다. 이는 삶에 대한 그의 태도와 깊은 연관이 있을 것이다.

프루스트의 지식으로부터 그의 스노비즘을 읽는다는 것은 얼마나 우스운 일이며, 또한 얼마나 피상적인 독서인가? 놀라운 명철함과 객관적 관찰력으로 사교계 복판을 그려낸, 차원이 다른 이 놀라운 작가를 그렇게 표현하는 것은 당치 않다.

프루스트는 점점 더 밤을 살았다. 해가 갈수록 그의 고통은 심해졌다. 병에서도 이상한 징후들이 나타났고, 어디서나 몸이 얼어붙는 것 같은 추위를 느꼈다. 그는 외투 속에 받쳐 입는 셔츠 안쪽에 늘 두꺼운 옷감을 덧대었는데, 그 셔츠도 난로에 데워 입다가 실수로 태우곤 해서 갈색 자국 같은 것들이 나 있었다. 프루스트는 한때 단골이었던 폐쇄적인 살롱에 가끔 나타나기도 했다. 물론 손님들이 거의 다 돌아갈 시각이 되어서였다. 그럴 때면 그는 어느 때보다도 총명하게 자신에게 집중하면서 열띤 능변으로, 아침까지 사람들을 잡아두었다. 그가 도저히 모습을 드러낼 수 없는 때라고 여겨지는 시각에 리츠 호텔에서 프루스트를 목격한 사람도 있었다. 당시 이 호텔은 파리에서 낭비벽과 방탕한 기질을 가진 사람은 죄다 모여드는 집회소와 같은 곳이었다. 드물게 집에서 탈출하다시피 하여 밖에 나오는 경우가 아니라면, 프루스트는 외출을 거의 하지 않았다. 그는 시간 개념을 잃어갔다. 그러다 전쟁이 터졌다. 중병을 앓던 프루스트에게 징집은 문제가 되지 않았다.[32] 그러나 온실 속 화초처럼 자랐고, 자유로운 성격 때문에 관료적인 것과는 체질적으로 맞지 않는 데다, 1914년 이전의 프랑스 체제에서 살았던 그에게는, 전쟁 기간의 시민이라면 누구나 가지게 될 수밖에 없었던 격식이나 절차에 대한 개념이 전연 없었다. 군의 권위 체계와는 어울리지 않는 성정을 가진 프루스트로서는 끔찍한 공포를 느낄 수밖에 없었다. 갑작스럽게 징집 검사 위원회의 통지서를 받게 된 그는 몇 시간이나 혼란스러워한다. 복용한 약 탓인지 밤이 되어서도 잠 한숨 못 잔 채 새벽 2시에 위원회에 출석한다. 그런데 문이 닫혀 있는 것이다. 프루스트는 깜짝 놀라 돌아온다.

전쟁 이후, 다시 말해 그의 생애 거의 말년에, 클레르몽토네르 공작 부인은 정말이지 친절하게도 오페라극장의 고급 객석 하나를 빌려 프루스트에게 내주는 호의를 베풀었다. 덕분에 그는 사교계를 더 잘 들여다볼 수 있게 되었고, 그것에서 작품에 쓰일 수액樹液을 뽑아낼 수 있었다. 프루스트는 언제나 오페라에 뒤늦게 도착해 구석에 앉아 무대를 등지고 끝없이 떠들어댔다. 어느 날 공작 부인이 이를 지적하며 공연에 집중하지 않으면 객석을 내주지 않겠다고 말한다. 그러자 프루스트는 엷은 미소를 지으며 부인에게 무대에서 있었던 모든 것을 정확하게 묘사해 보인다. 누구도 그렇게 세부적인 것까지 주목하지는 못할 것이다. 그는 이렇게 덧붙인다. "너무 걱정 마세요. 제 작품에 관한 한 저는 꿀벌 같은 예지를 갖고 있으니까요."

프루스트의 감성은 현실에서보다 문학 작품 안에서 더 완전하게 발휘되었다. 그는 현실의 사건들에 즉각 반응하지 않고 조금 늦게, 그리고 복잡하게 반응했다. 이를테면 루브르를 방문했을 때, 프루스트는 거기 있는 모든 것을 보았지만 그 어떤 것에도 반응하지 않았다. 저녁에 침대에 누워서야 그는 진짜 흥분과 열기에 휩싸였다. 프루스트의 감성 세계 안에 생긴 모든 고통, 그의 예민한 감각으로 촉발한 작지만 지독한, 마음이 찢기는 것 같은 고통 역시 '다른 식'으로, 다시 말해 친구들과 함께 있는 시간이 아닌 다른 시각에 발현한 것들이었다. 그리하여 직접 체험한 인상들로 이루어진 세계는 완전한 고독 속에 용해되고 거기서 재창조되어 『잃어버린 시간을 찾아서』로 옮겨졌다.

프루스트는 여린 감성을 품었던 어린 시절부터 자신의 소명을 알고 있었다. 그는 자신이 진 의무를, 어떤 인상을 느낀 순간 흥분하여 바로 무언가를 쏟아내는 것이 아니라, 그 인상을 심화하고 정확하게 만들어서 자신이 당초 받았던 인상의 근원에까지 도달한 다음 비로소 그것을 인식할 수 있게끔 하는 것이라고 보았다. 그 스스로도 이야기하고 있지만, 그는 소년일 때부터 연못에 비치는 햇살에 감격하는가 하면 우산으로 땅을 치며 "이런 제기랄, 제기랄" 하고 외치기도 했다. 「되찾은 시간」에서 프루스트는, 자신을 사로잡는 음악을 듣는 동안 수천 가지 몸짓을 하며 끓어오르는 찬사의 감정을 표현하지 않고는 못 배기는 열정꾼들을 조롱한다. '오, 세상에, 어쩌면 좋아, 이토록 아름다운 것은 한 번도 들어보지 못했어!'

우리는 프루스트의 작품에서 어떤 출발점을 만난다. 이미 그 자체로 고전이 된, 전조前兆적인 몇몇 페이지를 통해 창작 과정에 얽힌 비밀을 풀 열쇠를 어느 정도 짐작하게 되는 것이다. 예를 들면 1권 「스완네 집 쪽으로」에 나오는 '마들렌 장면'이라든가 마지막 권 「되찾은 시간」에 나오는 '고르지 못한 포석' 장면이 그렇다. 건강이 좋지 않은 주인공은 마들렌 조각을 차에 적셔 마신다. 차를 머금은 과자의 냄새가, 마들렌을 먹던 어린 시절의 기억을 되살려낸다. 이것은 지난 시절을 연대순으로 회상하는, '원해진voulu'[33] 추억이 아니다. 향기 가득한 마들렌과 함께 이 찻잔에서 솟아오르는 무언가를 무의지적으로 소환한 것이다(프루스트는 여러 차례에 걸쳐 "예술에서 중요한 것은 오로지 무의지적 기억뿐"이라고 말한다). 프루스트가 비유한 것처럼, 일본의 어떤 놀이에서는 도자기 그릇에 담긴 물에다 작은 종잇조각들을 띄우면 종이가 젖어 부풀어 오르면서 꽃과 집, 사람 얼굴의 형태가 된다. 마들렌의 향기로 인해 떠오른 추억이, 계속 일어나고 또 깊어지면서 서서히 고향 집의 형태가 되고, 어린 시절 시골에서 보았던 고딕 양식의 옛 교회 건물이 되며, 늙은 아주머니들의 얼굴과 하녀였던 프랑수아즈의 얼굴과 집을 자주 찾는 손님이었던 스완의 얼굴과 또 어머니와 할머니에게 사랑받던 얼굴들이 된다.* 작품 서두의 이런 작고 미세한 인상들이 전 작품의 기조를 예고하고 있는 것이다.

프루스트의 작품은 그의 창작 과정을 알게 해주는 열쇠일 뿐만 아니라 그의 생애를 알려주는 열쇠이기도 하다. 주인공을 통해 간접적으로 나타나는 것이기는 하지만, 작가가 직접 체험했으리라 여겨지는 것들이 약간만 가려져 있을 뿐 거의 다 고백되고 있기 때문이다. 갈팡질팡하는 번민과 불완전할지언정 계속되는 희생, 그리고 어떤 쾌락. 우정 또는 쉽고 시시한 관계들로 보내는 몇 해. 작가가 되기 위한 힘겨운 노력에 지칠 대로 지친 주인공(프루스트 자신일 수 있는 화자)은 급기야 꿈을 포기할 결심까지 한다. 그는 작가가 아니다. 재능도 없을뿐더러 자기가 생각한 재능은 그저 착각이었을 뿐이고, 더 이상 젊지도 않다. 그런 자

✣ "일본사람들의 놀이에서처럼 물을 가득 담은 도자기 그릇에 작은 종잇조각들을 적시면, 그때까지 형체가 없던 종이들이 물속에 잠기자마자 곧 펴지고 뒤틀리고 채색되고 구별되면서 꽃이 되고, 집이 되고, 단단하고 알아볼 수 있는 사람이 되는 것처럼, 이제 우리 집 정원의 모든 꽃들과 스완 씨 정원의 꽃들이, 비본 냇가의 수련과 선량한 마을 사람들이, 그들의 작은 집들과 성당이, 온 콩브레와 근방이, 마을과 정원이, 이 모든 것이 형태와 견고함을 갖추며 내 찻잔에서 솟아 나왔다." (마르셀 프루스트, 『잃어버린 시간을 찾아서 1—스완네 집 쪽으로 1』, 김희영 옮김, 민음사, 90~91쪽)

신을 고백할 때가 온다. 결론을 낸다. 만일 이제껏 믿어온 작가로서의 사명이 한갓 꿈에 불과한 것이었다면, 그에 대처를 해야 한다. 그는 적어도 남은 생애 동안에는, 사교계에서 만났으며 그래도 자기에게 우호적이었던 친구들이 그들 마음속에 미안함이나 후회를 남기지 않도록 스스로를 내주기로 한다.

일단 체념하자 긴장이 풀리면서 완전히 새로운 사고와 상태에 들게 된 프루스트는 게르망트 저택으로 달려간다. 전쟁이 끝나자 살롱이 문을 연 것이다. 대문을 지나 저택의 안뜰로 통하는 긴 궁륭지붕 아래로 들어가는 순간 자동차 한 대가 들어온다. 차가 지나갈 수 있게 비켜서다 고르지 않은 두 포석을 딛게 된 그는 불현듯, 과거 베네치아의 산마르코 광장에서 고르지 않은 두 개의 포석 위에 서 있던 때와 똑같은 느낌에 사로잡힌다. 베네치아에서 보았던 것들이 벼락처럼 강렬하고 분명하게 시야에 떠오른다. 거기서 목격하고 체험했던 모든 것이 보인다. 그때 그는, 모든 세부적인 것들과 함께 구현되기만을 기다리는 자신의 작품이 다름 아닌 자기 안에 오롯이 있다고 확신한다. 예기치 않은 곳에서 받은 계시에 정신이 아득해진 프루스트는 전쟁이 끝나고 오랜만에 보는 게르망트 저택의 대기

실로 들어간다. 이전에 여러 번 보아 안면이 있는 급사에게서 기대하지 않았던 공손한 응대를 받는다. 급사의 태도는 프루스트가 더 이상 젊은이가 아니라는 그의 갑작스러운 깨달음에서 비롯된 것일 테다.

저택의 가장 큰 살롱에서 연주회가 열리고 있었는데, 중간에 들어갈 수가 없어 프루스트는 작은 살롱에서 잠시 기다리기로 한다. 누군가 풀을 너무 먹여 빳빳한 냅킨과 함께 차를 내온다. 냅킨에 손이 닿는 순간 제법 분명하게, 이전에 그에게 똑같은 감각(놀라움과 충격)을 일게 했던 다른 냅킨이 떠오른다. 몇 해 전, 발벡 해안가의 그랑 호텔에서 만졌던 냅킨이다. 그것은 베네치아에서 받은 계시만큼이나 전격적이고 명확했다. 그는 문학적 야심을 다 끊어냈다 믿고 게르망트 저택에 간 것이었지만, 다시 한번 열정에 휩싸이고 명철해지면서 자신의 전 생애를 완전히 바꾸어 놓을 소명을 확신하게 된다. 과거에 알고 지냈던 수많은 친구들을 다시 보게 된 그는 이들을 관찰한다. 모두 나이 들어 얼굴은 늙었고, 몸은 살쪘거나 수척해져 있다. 그리고 프루스트는 이들 가운데서 새로이 올라오는 젊은 세대를 본다. 늙었거나 이미 죽은 친구들이 지난날 가졌던 희망과 유사한 것을 그는 이 젊은이들에게서 보고 놀라지만, 이 모든 것을 새로운 눈으로, 명료하면서도 거리를 둔 다소 초연한 시각으로 바라본다. 마침내 그는 자기가 왜 살았는지 알게 된다. 이 군중 속에서, 이 희망을 다시 살아나게 만들 수 있는 것은 오로지 자신밖에 없으며, 죽음마저 이제는 무심한 대상이 되었음을 강렬한 확신으로 깨달은 것이다.

어마어마한 노동이 기다리는 집으로, 다시 말해 글쓰기라는 새로운 삶으로 돌아오면서, 프루스트는 첫차가 다닐 시각에 잘못하면 그 전동차에 치여 죽을 수도 있겠다는 생각을 한다. 도저히 일어날 수 없는 기괴한 일이 생길 것 같다는 예감에 휩싸이기도 한다. 알다시피 『잃어버린 시간을 찾아서』의 마지막 권인 「되찾은 시간」은 그의 사후에 출판됐다. 당연히 작가의 수정을 거치지 않았으며 다른 권들보다 앞선 시기에 쓰였다. 이를 증명하기라도 하듯, 마지막 권에 담긴 것은 프루스트 작품 세계의 정점이자 그의 개인적 고백이 담긴 결론, 그리고 시작이라 할 만하다.

내 강의가 지나치게 프루스트의 작품이나 사생활과 관련한 세부적인 것들로만 채워지고 있다고 생각할지도 모르겠다. 실은 그의 작품이 가진 새로움이나 그것의 발명, 그리고 그 본질과 정수에 대해 내 안에서도 아직 분명히 해명되지 않은 부분이 있고, 그래서 내가 제대로 다 표현할 수 없는 탓도 있다. 어떤 책도 완전히 소화한 적이 없으며, 더 주요하게는 어떤 철학 교육도 받은 적이 없는 나는 이 본질적인 문제를 그저 살짝 건드리고 있는 것에 불과하다. 그러나 당시의 철학적 흐름에서 프루스트를 분리시킨다 해도, 그와 동시대인이자 그의 지적 발전에 큰 역할을 한 베르그송 철학에 대해 말하지 않고 프루스트를 깊이 있게 이해한다는 것은 불가능하다. 그러므로 그 이야기를 잠시 하겠다.

프루스트는 베르그송의 강의를 들으러 다니는 데 열심이었다. 베르그송의 강의는 1890~1900년 무렵 프랑스에 거대한 파도같이 밀려온 사유 경향의 한 단면을 보여준다. 그리고 내가 기억하기로는, 프루스트는 베르그송과 개인적으로 아는 사이였다.[34] 작품 제목만 보아도 그 시대가 문제 삼고 있던 '시간'이라는 주제에 프루스트가 심취해 있었음을 알 수 있다.

베르그송이 철학적 관점에서 연구한 것이 시간이었다. 나는 프루스트의 작품에 나타난 시간의 문제에 관한 수많은 연구서를 읽었다. 솔직히 말해 다 생각나지는 않지만, 시간 문제 분야에서 프루스트의 작품이 얼마나 중요한지를 하나같이 인정하고 있었다는 것만은 기억한다. 그러므로

베르그송 철학의 주요 테제를 이 자리에서 조금은 환기할 필요가 있다. 생명은 연속적이며 우리의 지각은 불연속적이라고 베르그송은 단언한다. 따라서 우리의 지성은 그것이 생명에 들어맞을 때만 생명의 개념을 만들어낼 수 있다. 생명에 훨씬 잘 들어맞는 것은 지성이 아니라 직감이다(인간에게 직감이란 동물의 본능에 해당하는 것이다). 프루스트는 지각의 불연속성을 무의지적 기억과 본능적 직감으로 극복하려 했다. 이 두 가지가 있으면, 우리는 새로운 형태의 관점으로 생의 연속성에 대한 인상을 얻을 수 있다.

오늘날 우리는 프루스트의 영향을 어느 정도 받은, 권수가 많은 '큰 소설'들을 대하소설이라 부른다. 하지만 이 명칭에 부응하는, 다시 말해 『잃어버린 시간을 찾아서』 정도에 이르는 소설은 없다. 이에 대해 설명해보겠다. 강물에 가끔 나무 조각이나 시체, 진주 따위가 같이 떠내려오는데 이를 강물의 특수한 측면으로 볼 수도 있겠으나, 대하大河의 흐름이란 이런 것이 아니라 멈추지 않고 지속되는 흐름 자체를 가리킨다. 프루스트의 독자가 되어 일견 모노톤의 흐름 같은 글 속으로 들어가면, 소설 속에서 벌어지는 사건들에 놀라는 것이 아니라 이런저런 인물들에, 다시 말해 그들의 삶이 한 번도 멈추지 않고 '흐르는' 것에 놀라게 된다.

프루스트가 가지고 있던 자기 작품에 대한 최초의 계획은 그가 바라던 외적 형태로는 구현되지 못했다. 당초 프루스트는 이 거대한 '합合, somme'을 행갈이나 여백 없이, 그리고 장章이나 부部 없이 '단 한 권'으로 나타내고 싶어 했다. 하나 이 계획은 파리의 '교양 있는' 출판사들이 보기에는 터무니없는 것이었다. 출판사들은 두 권 또는 세 권을 한 묶음으로 하고 각기 다른 제목을 붙여 총 열다섯 권 혹은 열여섯 권으로 분권해 출간하자고 그를 설득한다. 그러나 프루스트는 자신의 뜻을 굽히지 않는다. 그는 편집자에게 새로운 시대에 어울리는 새로운 형식의 책을 향한 자신의 관점에 혁신적인 무언가가 있음을 피력한다. 부로 나뉘어 있더라도 각 부가 하나의 단위인 것은 아니다. 그는 부로 나누는 것을 기꺼이 무시한다. 사실상 부로 나누긴 했지만 주제의 전개나 다른 어떤 이유에 따른 것이 아니라, 그저 쪽수에 따라 나눈 것일 뿐이다. 더욱이 주제는 절대적으로 뒤얽혀 있어서, 물리적 필요성에 따른 구분 외에 주제나 내용으로 구분 짓기란 불가능하다. 각 권을 채운 글자들은 이례적이라 할 만큼 작은 활자로 되어 있으며, 자간도 좁고 여백도 좁고 행갈이도 없다. 기어이 몇 개의 장으로 나누어 열다섯 권으로 출간하긴 했지만, 여기에 어떤 논리적 조화가 있는 것은 아니다. 이렇게 다소 기이한 인상을 줌으로써 프루스트는 자기 작품의, 마치 흐르는 강물처럼 지속적이고 완성되지 않는 측면을 강조하는 데 성공했다. 당시에는 짧고 압축적인 스타일의 문장이 주류였는데, 그의 문장은 혁명적이라 할 만큼 길고 심지어 어떤 것은 한 페이지 반 동안 이어진다. 문장들이 행갈이도 없이 촘촘한 상태 그대로 인쇄되어 나왔다. 이른바 간결함과 명료함이 프랑스 문체의 특징으로 알려져 있다는 점을 고려하면, '프랑스 문체' 신봉자들에게 프루스트의 문체는 정말이지 기괴한 무언가였을 것이다. 그의 글은 뒤얽힌 문장과 독자가 머릿속으로 상상해 집어넣어야 할 생략된 괄호들로 가득하다. 이런 괄호 속에 또 다른 괄호가 들어 있고, 시간상으로 아주 멀리 떨어져 있는 일들이 바로 연결돼 있다. 그의 메타포들은 새로운 괄호를 품은 채 새로운 조합을 향해 나아간다.

모두가 프루스트를 공격한다. 문체가 프랑스적이지 않고 독일적이라는 것이다. 독일의 저명한 비평가이자 프루스트 예찬가인 에른스트 쿠르티우스는 자신의 논문에서 프루스트의 문장에 독일어적 요소가 있다고 주장한다. 우리는 이 논문에 대한 프루스트의 반응을 보아야 한다. 그의 풍부한 문학적 교양을 보아야 한다. 프루스트는 자신의 문장과 독일어 문장에 유사한 면이 있다면 그것은 우연이 아니며, 그가 잘못 지적한 것이 아니라고 말한다. 현대 독일어에 라틴어의 흔적이 있기 때문이라는 것이다. 그렇다면 프루스트의 문장은 독일어보다는, 라틴어와 밀접한 연관성을 가진 16세기 프랑스어와 관련이 있다는 이야기가 된다. 간결함과 명확함이 프랑스어 문장의 특성이라는 유명한 설은 그 유래가 그렇게 멀리까지 가지 않는다. 18세기의 백과전서파[35]와 계몽주의자들로부터 비롯된 것으로, 그들에 의하면 당시 프랑스어는 문학보다는 일상의 대화 속에서 발달했다. 반면 독일어는 글쓰기를 중심으로 발달했고, 언어의 중심지도 한 곳이 아닌 여러 곳이었다. 프랑스어는 파리라는 단 한 곳의 장소를 중심으로 섬세하게 발달했는데, 이는 일찍이 괴테가 지적한 것이기도 하다. 파리는 모든 지성을 자기 안에 집중시켰고, 덕분에 유일무이한 지적 분위기를 만들어냈다.

프루스트의 작품들을 폴란드어로 옮긴 타데우시 보이젤렌스키[36]는 1939년 전쟁이 일어나기 전에 프루스트의 『잃어버린 시간을 찾아서』 전작全作 중 반 이상을 번역했는데, 그 가운데 상당 부분이 마치 폴란드의 고전문학처럼 옮겨졌다. 다시 말해, 프루스트가 의도한 최초의 구도構圖와 폴란드어 번역을 통해 구현된 문학 사이에는 상당한 간극이 있다. 나는 이 점에 대해 보이젤렌스키와 토론한 적이 있는데, 그는 자신의 번역을 적극 옹호했다. 오히려 프루스트의 의도에 반하지 않으면서 그의 텍스트를 더 잘 조명하게 해줄 번역이라는 것이었다. 프루스트는 스스로 대중적인 작가이기를 원했으니, 그를 "소성당의 작가"로 만들어서는 안 되며 훨씬 잘 읽힐 수 있는 방식으로 그의 텍스트를 옮겨야 한다는 게 그의 주장이었다. 프루스트도 프랑스에서 처음 『잃어버린 시간을 찾아서』를 출판할 때는 자신이 구상했던 최초의 구도를 바꾸는 데 어느 정도 동의하지 않았느냐는 것이다.[37)]

프루스트의 어마어마하게 긴 문장은 폴란드에서는 도저히 받아들여질 수 없는 것이었다. 이를 제대로 옮겨낼 방법이 폴란드어에는 없기 때문이다. 프랑스어의 목적격 관계사 'que'에 해당하는 'który' 'która'를 계속해서 끼워 넣는 수밖에 없다. 보이젤렌스키는 거기서 그치지 않는다. 잘 읽히게끔 임의로 행갈이를 하고, 글 안에 묻혀 있던 대화도 밖으로 꺼내 다른 행에 실었다. 그 탓에 권수도 원서의 두 배가 되었다. 보이젤렌스키는 "나는 핵심을 위해 소중한 것을 희생했다"고 인정한다. 실제로 폴란드어로 옮겨진 프루스트의 작품은 너무나 쉽게 읽혀서, 심지어 번역본이 출간된 지 얼마 되지도 않았을 때 바르샤바 사람들이 소설 속 이야기를 농담거리로 즐겨 삼았을 정도다. 폴란드어 번역본은 이를 다시 프랑스어로 옮기면 어떨까 궁금할 정도로 잘 읽히는 것이 사실이다. 만약 그렇게 되었다면 프루스트는 프랑스에서 대중적인 작가의 위치에 있을 것이다.

프루스트의 문체를 말할 때 그 소중한 특질을 강조하는 것은 분명 가치 있다. 그의 소설은 모든 페이지가 반짝반짝 빛을 낸다. 기묘하면서도 귀중한 조합의 은유들은 특히나 윤이 나는데, 이와 같은 풍부한 비유는 결코 풍부함 그 자체를 목표로 하지 않는다. 프루스트의 비유는 문장을 지배하는 그의 생각을 심화하면서, 동시에 그것을 손에 잡힐 정도로 생생하고 신선하게 만들어준다.

프루스트가 초기에 말라르메를 제실祭室에 모신 것을 잊어서는 안 된다. 프루스트는 말라르메 찬미자였으며, 보들레르와 고답파 시인들에서부터 상징주의 시인들에 이르기까지, 또 공쿠르 형제와 빌리에 드릴라당에서부터 아나톨 프랑스에 이르기까지 당시 프랑스어와 프랑스 문학에 존재하던 모든 섬세함과 새로운 착상을 맛보고, 나아가 스스로 시도한 사람이다. 근대문학의 찬미자이기도 했던 프루스트는 프랑스 문학의 거의 전부를 알고 있었다. 엄청난 문학 지식의 소유자였던 그는 경악할 만큼 비상한 기억력 또한 가지고 있었다. 그의 친구들 말로는 오노레 드 발자크 소설의 거의 모든 페이지를 통째로 암기할 정도였다고 한다. 발자크뿐만 아니라 바로 윗대 작가의 작품들도, 또 그가 마음속 깊이 찬미하고 특히 정통했던 루이 드 생시몽 공작[38]을 비롯한 다른 작가들의 작품들까지도 말이다. 프루스트는 몇 편의 모방작을 남기기도 했다.

프루스트가 발자크를 모방해 쓴 글을 나는 기억한다. 놀랄 만큼 정확하게 흉내 낸 것은 물론 유머로 가득한 글이었다. 예컨대 발자크가 백작 부인과 공작 부인 등의 귀족을 천사들처럼 순수하게, 여신들처럼 아름답게, 또 악마들처럼 교활하게 묘사할 때 발휘하는 그 화려하고 과장된 수사를 프루스트는 한층 부풀려서 구사한다. 사람들에게 사랑받는 작가로부터 알게 모르게 영향을 받지 않기 위해 그가 택한 최선의 방법이 일종의 혼성 모방이었을 거라고, 나는 어렴풋하게나마 짐작한다. 늘 몸이 아팠고 당시 세간에 가벼운 사람으로 인식되던 그가, 단어 하나에 얼마나 집요하게 매달리면서 자신만의 스타일을 연구했는가를 보면 그저 놀라울 따름이다.

이와 관련한 몇 가지 일화가 있다. 파리가 완전히 어둠에 싸인 깊은 밤, 라몽 페르낭데즈라는 비평가는 프루스트의 느닷없는 방문에 억지로 눈을 떠야 했다. "미안하네. 내 작은 부탁 하나만 들어주게. 두 단어인데, 이탈리아어로 발음 한번 해주게나. 센자 비고레."[39] 이탈리아어를 잘 아는 페르낭데즈는 프루스트에게 두 단어를 반복해 들려주었다. 그러자 프루스트는 나타날 때 그랬던 것처럼 느닷없이 사라져버렸다. 소설 속 화자와 알베르틴이 대화하는 장면에서 알베르틴은 자동차경주에 대해 이야기하다가 이 두 단어를 입에 올린다. 훗날, 페르낭데즈는 프루스트가 죽은 뒤 이 장면을 읽을 때마다 몹시 울컥한다고 말했다. 프루스트는 단순히 낯선 외국어의 두 단어가 가진 뜻을 알려는 게 아니었을 것이다. 이탈리아어를 잘 아는 누군가가 이 단어를 발음했을 때 그것이 어떻게 들리는지를 정확히 알고 싶었던 것일 테다.

나는 프루스트의 서한집에서 그가 말년에 쓴 짧은 편지 하나를 읽은 적이 있다. 파리의 한 비평가(아마 불랑제일 것이다)에게 보낸 편지였던 것으로 기억한다. 당시 프루스트는 그를 몰랐지만, 그가 자기에 대해 쓴 열정적인 글을 보고 그와 만나려 했던 것 같다. 프루스트는 편지에 이런 추신을 덧붙인다. "이 두 'que'에 대해서는 미안합니다. 제가 정말 급했거든요." 이런 문장을 읽으면 미소를 지을 수밖에 없다. 얼마나 정직한 사람인가. 또 얼마나 집요한 사람인가. 사적으로 보내는 편지인데도 접속사 하나까지 신경을 쓰다니, 이런 세심한 기질은 귀스타브 플로베르를 생각나게 한다. 한데 혹시, 더 중요한 것을 의식해야 함에도 너무 세세한 것에 신경을 쓰는 것은 아닐까? 우리 같으면 그러다 재능을 다 잃어버릴 것 같은데 말이다.

프루스트의 작품에 대해 상투적으로 따라다니는 평이 있다. 나 역시 자주 이렇게 이야기했었다. 바로, 프루스트는 현미경으로 보는 것처럼 쓰는 자연주의자라는 평 말이다. 그런데 그런 생각을 하면 할수록 아닌 것 같다는 생각도 든다. 프루스트의 비밀은 이런 '현미경 관찰'이 아니라, 그의 또 다른 재능에 있기 때문이다. 이를 이해하려면 몇 가지 예를 살펴볼 필요가 있다. 「스완네 집 쪽으로」에서 프루스트는 할머니가 손자에게 준 선물에 관해 이야기하는데, 선물은 '예술적 여과 장치'[40]를 통과한 미술 기념품 같은 것들이다. 어린 주인공은 항상 베네치아에 가기를 꿈꾸고, 자기 병 때문에 많은 희생을 한 부모님과 함께 그곳을 방문하고 싶어 한다. 할머니가 손자에게 준 것은 산마르코대성당을 찍은 사진도 아니고, 베네치아 화가가 대성당을 그린 걸작 미술품도 아니다. 이 걸작을 다른 방식으로 재현한 것이다. 그렇지만 단순히 그림을 사진으로 찍은 것은 아니다. 다른 걸출한 예술가가 판화로 재현해 낸 것이다.[41)]

프루스트에게 있어서 사실이란 결코 날것 그대로의 사실이 아니다. 처음부터 문학으로 완전히 굳어진 그의 뇌 속에서 재조합된 무언가다. 더욱이 병과 코르크 벽 때문에라도 세상과 분리되어 있던 이 예술가의 시각 속에서는, 날것 그대로의 사실들이 예술적이고 과학적인 연상 작용의 조합으로 편곡되면서 무한히 풍부해졌을 것이다. 그러나 프루스트의 작품에서 '현미경(조직학)적' 요소와 가장 배치되는 것은, 이 프루스트의 '조합'이 전全 시대와 전 예술로부터 길어 올린 것인 까닭에 어마어마한 분산성을 갖는다는 점이다. 책의 낱장마다 빼곡하게 채워진 프루스트의 문장은 어떤 사실에 대한 충격으로 깨어난 사유를 이야기한다기보다, 그 자체가 곧 사실들이다.

레프 톨스토이는 『전쟁과 평화』 초반부에서 20여 페이지나 할애하여, 러시아 황후를 어머니로 둔 귀족 부인 안나 파블로브나 셰레르가 그녀의 집에서 연 야회를 묘사한다. 그는 칭찬 뒤에 숨은 계략과 그것이 풍기는 분위기를 거장의 솜씨로 탁월하게 그려낸다. 이로써 우리는 안나 파블로브나에게 초대받은 귀족들의 세계를 손에 잡힐 듯이 생생하게 접한다. 톨스토이는 바질 왕자와 야회를 연 여주인이 나누는 대화를 통해, 제1장의 첫 두 페이지 만에 이 걸작이 품은 정교함을 보여준다. 상호적인 술책이 있음을 드러내는 문장들로 연회의 분위기를 색채감 있게 전달하는 것이다. 「게르망트 쪽」과 「소돔과 고모라」에도 이와 유사한 장면이 등장한다. 톨스토이와 다른 점이라면, 프루스트는 공작 부인의 집에서 맛본 어떤 간식에 관한 이야기만으로도 그 두꺼운 책을 다 채울 수 있으리라는 것이다. 앞서 이야기한 『전쟁과 평화』의 대화 장면을 묘사해야 한다면, 프루스트는 아마 열두 페이지는 족히 썼을 것이며 마음만 먹으면 100페이지도 쓸 수 있었을 것이다. 그러나 이는 주름 하나하나, 몸짓 하나하나, 향기 하나하나를 외곬으로 현미경을 들여다보듯 하는 분석이 아니라, 어마어마한 경우의 수를 가진 조합들의 향연이 될 것이다. 이 조합들은 가장 예측할 수 없고 가장 동떨어져 있는 시간대에서 가져온 것들로, 이제껏 우리가 보아온 메타포들에서 벗어난 새로운 메타포의 장을 매번 보여주고 있다.

프루스트로 말미암아 이제 '형식주의formalisme', 혹은 순수 형식에 대해 말하는 것은 의미가 없게 되었다. 첫째로, 순수 형식주의는 위대한 문학에는 존재하지 않는다. 새로운 형식이란 인공이 아닌 살아 있는 것으로서, 새로운 내용물 없이는 존재할 수 없다. 작품 속에서 우리는 작가의 부단한 탐색과 열정적 갈구를 느낀다. 도달하기 어려운 어떤 인상들을 끌어내고, 그 인상들에서 파생한 다른 인상들로 가득한 세계가 분명해지도록, 읽히도록, 의식되도록 애쓰는 탐색과 갈구 말이다. 소설의 형식이나 문장의 구성, 모든 메타포와 조합들은 모두 그만한 내적 필요성을 가진 것으로, 작가의 핵심적 관점을 반영한다. 다시 말하지만, 프루스트를 사로잡고 있던 관념은 날것의 사실이 아니라 그 사실들을 지배하는 비밀스러운 법칙이었다. 그것은 최소한, 아직 완전히 정의되지 않은 것들에 들어 있는 비밀스러운 톱니바퀴를 모두가 인식하기를 바라는 열망이었다.

앞서 말했지만, 『잃어버린 시간을 찾아서』의 첫 두 권인 「스완네 집 쪽으로」만이 전쟁 전에 출간되었다. 다시 말해, 프루스트가 노동에 가까운 본격적 글쓰기에 돌입한 해와 전쟁이 발발한 해가 정확히 맞물리는데 이때 일어난 진화 그리고 구성의 변화에 유일하게 영향을 받지 않은 것이 「스완네 집 쪽으로」다. 또한 「스완네 집 쪽으로」는 작품 전체에서 그가 가장 정밀하게 손본 부분이기도 하다. 이 한 권을 통해서도 뒤이어 나올 권들의 짜임새를 충분히 가늠할 수 있다. 다음 권들에는 전쟁으로 생긴 여러 일화, 새로운 인상과 생각이 들어가지만 이는 프루스트 작품의 요체라 할 것들이 더 확대되고 손질되어 나타난 것일 뿐이다. 「스완네 집 쪽으로」에서 개시한 것을 발전시키고, 파도 마루처럼 치솟게 하는 것이다.

주요 테마를 점검해보자. 금리생활자들인 이모할머니들의 시골 은퇴 생활이나 고딕 양식의 옛 교회, 고전문학에 단골로 등장하는 풍경 묘사, 그리고 전권에 걸쳐 만나게 될 소설 속 민속 생활사 박물관 같은, 하녀 프랑수아즈의 세계로 표상되는 프랑스의 지방 등이 첫 번째 테마다. 이어 주인공의 유년 시절과 그것을 배경으로 하는 드라마, 그리고 부계 혈육과의 관계, 또 모계, 즉 주인공과 어머니, 외조모와의 관계도 주요 테마가 된다. 소년은 일요일마다 성당을 방문하여 스테인드글라스에 장식된 십자군 전쟁 당시의 게르망트 기사들을 보았고, 살과 뼈로 된 게르망트 공작 부인 또한 그곳에서 바라보며 포부르 생제르맹에 열렬한 관심을 갖는다. 여러 권에 걸쳐 이것이 언급되고, 탐색되고, 분석될 것이다.

1권에서는 시작과 동시에 주인공이 스완과 만나게 되는데, 2권은 거의 전체가 오데트를 향한 스완의 사랑 이야기로 채워진다. 오데트는 사교계의 젊은 여인으로, 마치 남자들에게 사랑받기 위해 태어난 존재인 양 다른 인물들에 비해 예외적으로 생생하게 묘사되는 인물이며, 특히나 스완에게는 가장 위대한 사랑과 함께 미칠 것 같은 질투의 고통을 일으키는 존재다(이 질투심은 프루스트가 아주 집요하게 탐구하는 주제 가운데 하나로, 「스완네 집 쪽으로」 2권에서 무려 100여 페이지에 걸쳐 이에 관해 쓰고 있다.[42] 이것은 뒤에 「알베르틴」✣과 「사라진 알베르틴」에서 다시 다루어진다). 스완 덕분에 우리는 부유한 파리 부르주아지 세계 한복판으로 들어간다. 예컨대 베르뒤랭 부인의 살롱에서 우리는 속물근성을 지닌 벼락부자 유형의 부르주아를 보게 된다. 다시 말해, 주인공의 어린 시절과 그의 삶의 방향, 정신 또는 신체적 성장에 결정적으로 영향을 준 충격

✣ 「갇힌 여인La Prisonnière」(1923).[43]

과 상처들이 이 책의 주제다.

이렇게 줄거리를 다소 길게 소개하는 이유는, 이 작품 속의 결정적 일화들을 한 번은 짚고 넘어가야 할 것 같아서다. 어린아이에서 청년이 되고, 이어 중년이 되는 자를 프루스트는 '나'라고 지칭한다. '나'는 시골의 작은 마을에서 부모님과 함께 여름을 보낸다. 그가 기억하는 어린 시절 가장 잔인했던 고통의 순간은 저녁에 잠자리에 들어야 하는 시간이었다. 식탁에 있다가 잘 시간이 되면 침대로 가야 하는 아이는, 어머니가 해줄 그날의 마지막 키스를 안달과 불안 속에서 기다린다. 어머니가 아이 방으로 올라와 저녁 인사를 해주는 것이 매일 있는 일은 아닌 까닭이다. 저녁 식사가 길어진다. 아이의 아버지는 너무 예민한 이 아이에게 엄마가 의무적으로 저녁 인사를 해주는 것이 오히려 교육상 좋지 않은 영향을 끼칠 거라며, 이를 감정을 과장시키는 일로 여겨 달갑지 않게 생각한다. 아이는 더는 참지 못한다. 엄마가 올라오지 않자 맨발로 침대에서 내려온다. 아이는 아버지에게 혼날 거라고 예상하지만, 한편으로 아버지에 대한 두려움을 극복하고 싶은 마음도 있다. 여리고 병약한 아이는 어두운 계단에서 15분가량을 기다린다. 자기 침실이 있는 위층으로 어머니가 올라오기를 고대하는 것이다. 그런데 마침내 나타난 어머니의 뒤를, 아버지가 램프를 든 채 따르고 있다. 이를 본 아이는 공포에 떤다. 아들을 심하게 꾸지람할 남편을 겁내며 어머니 또한 아이에게 도망치라는 절망적인 신호를 보낸다. 그런데 이를 본 아버지는 벼락처럼 엄하게 꾸짖는 대신 의외의 반응을 보인다. 일관성 없는 모순된 행동을, 더욱이 무심하게 하는 것이다. 이것은 곧 아이에게 극적이고 본질적인 무언가가 된다. "이 아이가 지금 어떻겠소. 빨리 방으로 데리고 가시오" 하고 아버지가 어머니에게 말한다. "아이 방으로 가서 자구려."✣

✣ "아버지는 한순간 놀라 화난 표정을 지었지만, 어머니가 당황하면서 무슨 일이 일어났는지를 설명하자 '마침 당신이 잠이 안 온다고 했으니 같이 가구려. 저 애 방에 있어 주오. 난 아무것도 필요 없으니.'라고 말씀하셨다. '하지만 여보, 제가 잠이 오고 안 오고는 이 일과 상관없어요. 애 버릇을 이렇게 들일 수는 없어요.' 하고 어머니가 조심스럽게 말씀하셨다. 그러자 아버지는 어깨를 으쓱하며 말했다. '녀석이 울적한 모양이오, 가슴 아픈 일이 있는 모양이지. 우리가 처벌만 하는 사람은 아니잖소. 애가 아프기라도 하면 경솔하게 행동한 셈이 될 거요. 마침 녀석 방에 침대가 두 개 있으니, 프랑수아즈를 불러 큰 침대를 준비시키구려. 그리고 오늘밤은 녀석 곁에서 자구려. 그럼 잘 자오. 난 당신들만큼 그렇게 예민한 사람이 못 되니 가서 잠이나 자야겠소."(마르셀 프루스트, 『잃어버린 시간을 찾아서 1—스완네 집 쪽으로 1』, 김희영 옮김, 민음사, 71~72쪽)

아버지의 심한 나무람을 예상했던 아이는, 몇 주 전부터 꿈에 나올 정도로 열망하던 것을 도리어 아버지를 통해 얻게 되었다. 자기 방에서 혼자 자는 게 아니라, 엄마와 함께 자게 된 것이다. 엄마는 아이가 가장 좋아하는 책을 큰 소리로 읽어주며 아이를 재운다. 이어 작가는 단정적으로 다음과 같이 덧붙이는데, 바로 아버지가 일관되지 않은 행동을 보인 그날 저녁이 그의 모든 신체적, 정신적 병의 출발점이 되었다는 것이다.[44] 욕망이라는 비탈길에서 내리닫기를 멈출 수 없을 것만 같은 신경증, 그리고 이 욕망의 뿌리가 허약한 신경에 자리하도록 만들었을지 모르는 복잡한 심리적 현상들이 이날 저녁의 일에서 유래했다는 뜻이다.

이는 프루스트 연구, 다시 말해 프루스트 작품의 주인공 혹은 프루스트 자신에 대한 연구에 있어서 핵심적인 것으로, 「스완네 집 쪽으로」 2권의 거의 대부분을 스완에 대한 분석과 오데트를 향한 스완의 집착적인 사랑을 그리는 데 할애하고 있는 점을 그 근거로 들 수 있다. 스완이라는 인물은 프루스트 자신과 샤를 아스[45]라는 인물을 섞어 변형한 것으로 보인다. 샤를 아스는 지방 출신의 유대인이자 부르주아였던 프루스트 부모와 같은 세대의 인물로, 1870년대 '파리에서 가장 우아한 남자' 가운데 한 명으로

꼽히던 이였다. 그는 가장 귀족적이고 가장 배타적인 사교계 클럽 '조키 클럽'의 회원이었으며, 골 왕자와 사강 왕자의 친구이기도 했다. 아스처럼 스완도 섬세하고 지적인 사교계 인사다. 그가 가진 주요한 매력은 절대적이라 할 자연미와 부드럽고 합리적인 에고이즘에 있다. 돈 또는 사교계에서의 관계 자체를 목적으로 하지 않는, 자신의 본질이나 정수에 가까운 무언가를 느낄 수 있는 환경으로 스스로를 이끌고 들어갈 줄 아는 이기주의 말이다. 이는 몸짓이나 태도로써 사교계에서의 자기 위상을 스스로 거부할 수 있는 능력이기도 했는데, 1890년대 유대인 부르주아들 가운데에서는 몹시 이례적이었다.

스완은 자신을 안달하게 만드는 절대적인 사랑과 만나는 중에도 이와 같은 에고이즘에 휩싸였다. 한때 매춘부였던 오데트는 그의 사랑이자 비밀스러운 삶이었다. 그들의 사랑은 아주 자연스럽고, 진지하고, 열정적이었다. 사실 오데트는 해체의 세계로 들어가는 짧은 어귀에 불과했다. 오데트가 그에게서 멀어지자 스완은 비로소 그녀에 대한 자신의 정념이 너무나 크고, 그래서 이토록 자신이 고통스러운 것임을 깨닫는다. 나는 프루스트가 수백여 페이지에 걸쳐서 하고 있는 이것과 비견될 만한 또 다른 '분석'이 존재한다고는 감히 생각지 않는다. 같은 주제에 대해 이보다 더 섬세하면서 폭넓게 행해진 분석은 없다. 기억에 아직도 생생하게 남아 있는, 이미 고전적인 것의 반열에 오른 작은 특징과 묘사들에 대해서도 여기서 말해두고 싶다. 스완은 여러 달 동안 심리 분석가적 기질과 재능을 발휘하지만, 오데트를 점점 더 알 수 없게 된다. 그녀가 정말로 자신을 배신한 것인지, 그렇다면 누구와 바람이 난 것인지 그는 끝내 알지 못한다. 하지만 뒤로 한 걸음 물러나서 보자 모든 것이 분명해진다. 이 시기의 그들 관계에 대해 프루스트는 아주 예리한 질문을 던진다. 우리는 헤어진 연인을 가장 고통스럽게 만드는 것이 무엇인지 결코 알지 못한다. 구체적인 배신? 여러 명의 애인? 그녀가 그보다 더 사랑할지 모를 치명적인 매력의 다른 남자? 아니면 마음이 멀어지고 나서 보니 차라리 순수해 보이는 유희적 사랑?

프루스트는 스완 없는 오데트의 나날을 묘사한다. 몇 주 전만 해도 그녀는 그 없이는 하루도 혼자 보낼 수 없는 사람이었다. 이제 그녀에게는 애인이 없다. 모든 게 지겨워진 그녀는 하는 일 없이 카페나 식당을 돌아다닌다. 하지만 스완을 만나는 것보다는 낫다. 스완은 죽을 것 같은 고통과 사랑에 대한 향수에 휩싸인다. 가끔 오데트를 몰래 뒤따라가 보기도 하는데, 그녀는 그가 전혀 예상치 못한 장소로 들어가 버리곤 한다. 질투와 고통이 추정과 억측의 세계를 창조하고, 완전히 틀린 방식이긴 하지만 그것이 이 배회의 이유를 설명해 준다. 오데트에게 다른 연인이 생긴 게 아닌데도 자신을 떠나려 한다는 걸 알게 되자, 스완의 고통은 더욱 심해진다. 그녀는 애인인 스완보다 차라리 권태와 고독을 택한 것이다. 스완의 이런 사랑은 도리어 작가에게 영감을 주어, 프루스트는 이어지는 다른 권에서 정말이지 잊지 못할 놀라운 장면들을 그려낸다.

수개월 전 오데트는 스완을 떠났다. 그는 그녀를 더는 보지 않는다. 그녀는 괴롭고 아픈 추억에 불과하다. 추억은 그를 떠나지 않는다. 그는 어떤 행동도 할 수 없고, 어떤 관심도 일지 않는다. 어느 날 스완은 무기력을 떨쳐보려 한다. 생테뵈르 백작 부인이 여는 연회에 가기로 한다. 오데트와 관계를 맺기 전에는 이 연회가 얼마나 즐거웠던지! 스완이 오데트에게 빠지자 사교계 사람들은 그를 얼마나 원망했던가. 매춘부였던 여자에게 그가 푹 빠졌다고 말이다. 그리고 자기들에게로 스완이 돌아오게 하려고 얼마나 애썼던가. 프루스트는 스완이 단 몇 시간만이라도 망각의 시간을 가질 수 있을 거라 생각한다. 이 연회의 묘사는 그의 소설 가운데서도 굉장히 특징적인데, 온갖 부류에 속하는 사람들의 조합으로 이루어지기 때문이다. 프루스트는 눈부신 제복 차림의 시종들을 보티첼리의 그림 속 인물들과 비교한다. 그는 여러 대화의 조각 속에 게르망트 공작 부인의 스타일과 반유대 사상, 그리고 당시에 유행하던 것들을 집어넣어 몹시 상세하게 묘사한다.

백작 부인이 배경에 등장한다. 주교 여럿을 배출한 가문의 당주인 그녀가 자신의 살롱에 스완을 다시 받아들인 것에 다들 놀란다. 스완은 '늙은 단골'처럼 이 세계로 돌아온 것이다. 당시에 가장 뛰어난 지성을 가졌다 할 여성들의 열띤 환호를 받으면서 말이다. 그런데 스완은 한 나이 많은 장군에게 이상하리만치 마음이 끌린다. 이 장군은 어느 프랑스군 대장에 관한 책을 쓴 적이 있는데, 스완이 그에게 관심을 갖는 이유는 그가 책을 써서가 아니라 오데트가 사는 거리의 이름에 이 사람의 이름이 들어가 있기 때문이다. 연주회가 시작된다. 그리고 갑자기, 오케스트라가 뱅퇴유의 소나타를 연주하기 시작한다.* 바이올린의 주요 모티프[46]가 스완으로 하여금 사랑으로 행복했던 시간들을 떠올리게 만든다. 스완이 야회를 위해 매일같이 찾았던 베르뒤랭 부인의 살롱. 거기서 그는 처음으로 그 소나타를 들었고, 그것에서 이루 말할 수 없는 아름다움으로 가득 찬 세련됨을 발견했다. 그가 뱅퇴유를 얼마나 찬미하는지는 베르뒤랭 살롱에 드나드는 사람이라면 누구나 알고 있었다. 그래서 스완을 위해 이 모티프를 무한히 연주하게 한 것이었다. 오데트 옆에서 그는 이 유일무이한 곡을 들으며 그녀에 대한 사랑에 휩싸였다.

스완은 이 두 감정을 연결한다. 지금 자신은 서로에게 무심한 채로 앉아 있는 사교계 무리에 섞여 바이올린 연주를 듣고 있는데, 너무나 행복했던 과거가 너무도 구체적으로 떠올라 가슴이 찢어지는 것같이 고통스럽다. 당장 도망

✣ 뱅퇴유라는 음악가는 가공의 인물로 카미유 생상스에서 일부분 영감을 받았다. 이 소나타에 대해서는 특히 다음 인용을 읽기 바란다. "악절은 느린 리듬으로 여기저기 다른 곳으로, 고결하고도 이해할 수는 없지만 어떤 뚜렷한 행복 쪽으로 그를 향하게 했다. 그러다 갑자기 그 미지의 악절이 도달한 지점, 그가 악절을 따라가려고 마음먹었던 그 지점에서 잠시 멈추더니 갑자기 방향을 바꿔 더욱 빠르고 가늘고 애절하고 끊어짐 없고 부드러운, 새로운 움직임으로 미지의 앞날을 향해 그를 데리고 갔다. 그 후 악절은 사라졌다. 스완은 악절을 다시 볼 수 있기를, 세 번째로 볼 수 있기를 간절히 바랐다."(마르셀 프루스트, 『잃어버린 시간을 찾아서 2—스완네 집 쪽으로 2』, 김희영 옮김, 민음사, 47쪽)

치고 싶을 정도다. 그러나 동시에, 이제는 잃어버린 행복을 영원히 되살리는 순간이기도 하다. 사교계 사람 특유의 신중함으로 무심함의 가면 아래 모든 내적 감정을 감출 줄 아는 그였지만, 지금은 눈물을 주체할 수가 없다. 이후로 상세한 묘사들이 이어지는데, 아마도 프루스트의 글 가운데 가장 어렵고도 가장 소중한 부분일 터다. 음악 그 자체, 아니 바이올린이라는 기적적인 상자에서 흘러나오는 선율은 겨우 아문 스완의 상처를 다시금 찢어놓을 만한 것이었다. 마침내 소나타가 끝난다. 옆에 있던 한 백작 부인이 감탄하며 이렇게 말한다. "나는 이토록 숭고한 것은 한 번도 들어보지 못했어요. 이 소나타는 그 어떤 것보다도 내게 깊은 인상을 주는군요." 이어서 그녀는 세심함을 발휘해 저음조로 덧붙인다. "회전 테이블을 제외하고는요."*

「스완네 집 쪽으로」 다음 권에서도 우리는 소설 도입부에서 시작된 주제들이 복잡하게 얽혀 전개되는 것을 보게 된다. 여기서는 내 기억에 다른 무엇보다 강하게 남아 있는 장면들 위주로 이야기하면서, 프루스트가 묘사하고 논지를 펴나간 몇몇 심리적 문제들을 다룰 수밖에 없을 것 같다. 내가 이제부터 이야기할 것들이 작품에서 가장 가치 있는 부분이라고 단언할 생각은 없지만, 적어도 나를 가장 흥분시키는 장면이라고는 말할 수 있다.

매번 새로운 어조와 착상을 발견하지 않고는 프루스트를 말하는 것 같지가 않다. 할머니에 대해서는 이미 이야기한 바 있다. 주인공이 누구보다 사랑했던 여인의 죽음과 그에 관한 기억은, 마찬가지로 프루스트에게도 죽는 순간까지 결코 떼어내거나 떠나보낼 수 없는 것이었을 테다. 이는 프루스트가 "마음의 간헐Les intermittences du coeur"[47]이라고 부른 것과 연관이 있다. 이것은 나중에 관용구처럼 쓰이게 되는데, 이토록 거대한 작품인 『잃어버린 시간을 찾아서』를 감히 읽을 엄두도 내지 못하는 사람들에게조차 잘 알려진 말이다. 할머니는 요독증으로 돌아가셨다. 이 대목을 읽다 보면 톨스토이 작품의 몇몇 장면들이 떠오르기도 한다. 자기 엄마와 가장 가까운 사람이면서 엄마와 같은 존재로

✣ "연주가들의 묘기에 감탄한 백작 부인은 스완을 보고 '정말 굉장하군요. 이처럼 강렬한 연주는 결코 들어본 적이 없어요……' 그러나 정확하고자 하는 그녀의 세심함이 이 말을 수정하면서 이렇게 미뤄뒀던 조항을 덧붙였다. '회전 테이블 이래로 이처럼 강렬한 것은 본 적이 없어요.'"(앞의 책, 282쪽)

전환되어 있는 어떤 이의 죽음, 그가 죽음의 문턱을 넘을 때 천천히 와해되는 의식, 그리고 그 죽음에 대한 지인들의 여러 반응들 따위가 그렇다.

먼저 주인공 어머니의, 가슴이 찢어지는 듯한데도 아무 소리 내지 못하는 고통이 있다. 그리고 할머니 곁을 가장 충실하게 지켰던 하녀 프랑수아즈의 반응이 이어진다. 그저 하나의 죽음에 불과한 것을 대할 뿐이라는 듯한 무심한 태도에서부터, 아픈 할머니의 머리를 억지로 빗겨주거나 병색으로 무너진 얼굴 앞에 거울을 들이밂으로써 그 주인으로 하여금 공포에 질리게 하는, 환자의 의식에 남은 최후의 한 줄기 빛에마저 상처를 주는 난폭성까지. 또 레지옹도뇌르 훈장을 받은, 검은 양복을 입은 파리의 의사에 대한 묘사가 있다. 이 의사는 절망적인 순간이면 꼭 어디선가 초대를 받아 이미 자리를 뜨고 없다. 하나 그가 맡은 역할에는 이제까지 할머니를 치료했던 의사이면서 결국에는 할머니의 '최초의 장의사'가 되어버린다는 특별함이 있다. 마지막으로 이 의사는 한 명의 귀족으로서 이 부르주아 가족과 그동안 가졌던 교유를 의식하여 조문을 오는데, 상주들에게 다소 과장된 수사로 애도의 뜻을 표한다. 한편 고통이라는 단 하나의 감정에 무력하게 무너져 버린 주인공은 공작

이 한껏 예의를 갖춰 전하는 위로의 뜻을 알아채지 못하고 그를 대기실에, 다만 굽신거림 속에 있게 놔둔다.

이와 유사한 여러 묘사들 속에서 이 위대한 작가의 '괴물성'이 진가를 드러낸다. 정확하고 냉정하게 분석하는 능력. 아마 그의 인생에서 가장 비극적인 순간이었을 텐데도 세세한 것들까지 극적이고도 유머러스하게 묘사하는 가공할 능력. 나는 죽어가는 어머니의 침상에서 온몸이 부서지는 고통을 느끼면서도 그 모든 세세한 것, 그 모든 눈물 그리고 주변인들의 우스꽝스러운 모습을 비롯한 그 모든 결점을 다 보았을 프루스트를 상상해 본다.

프루스트의 작품에서 '포부르 생제르맹'에 대한 심리분석이 얼마나 중요한지는 앞에서 이미 말했다. 프루스트가 생시몽 공작과 발자크 소설의 거의 모든 페이지를 다 외울 만큼 작품을 읽고 또 읽으며 그들을 찬미하는 것이 괜한 일은 아니다. 생시몽 공작은 루이 14세 시절의 기억들로써 당시에 있었던 모든 사건과 행동을 기술한다. 프루스트도 포부르 생제르맹으로 대표되는 사교계에서의 경쟁과 모략을 같은 방식으로 상세히 기술한다. 본인도 귀족 엘리트 계층인 생시몽은 대단한 통찰력으로 귀족들이 왜 그런 행동을 하는지, 왜 그런 말을 하는지 상세히 알려준다. 위대한 작가란 자기 주변에서 일어나는 우스운 일과 그것에 담긴 미묘한 뉘앙스를 모두 보고 포착할 수 있는 존재다.

그러나 발자크의 태도는 많이 다르다. 발자크는 포부르 생제르맹을 향해 기어 올라간다. 그는 이 세계의 여성들과 관계를 맺고 있고, 사랑에 빠지기도 한다. 그는 그곳에서 위대한 영주이자 백만장자, 그리고 유명 작가라는 역할을 맡기를 꿈꾼다. 동시에 많은 여인들의 심장을 삼키는 자가 되기를 꿈꾼다. 매번 발자크는 일에 잡아먹히고 빚에 갉아먹히다가 결국 빚쟁이들에게 쫓겨 파국을 맞으면서도, 머릿속은 항상 온갖 환상적인 사업 계획으로 가득 차 있었다. 그는 이 세계를 관찰하면서 이런 세계와 더불어 살 기회를 다만 조금이라도 가져보려 애썼다. 책을 쓰거나 그 밖의 다른 수입원을 통해 상당한 액수의 돈이 들어오면 잠깐이나마 숨을 돌릴 수 있었다. 그는 아주 우아한 귀족풍의 양복을 사는 등 다소 순진한 방식으로 그 돈을 서둘러 다 써버렸다. 그런 옷이 살찌고 커다란 배를 가진 그에게 언제나 어울리는 것은 아니었지만 말이다. 또 손잡이를 금과 상아 세공으로 장식한 지팡이를 사기도 했고, 조르주 상드도 이야기했듯이 옵세르바퇴르 근처의 새 저택에서 큰 연찬을 열기도 했다. 커다란 촛대가 있고 화려한 레이스 커튼으로 장식된 살롱에서 말이다. 그러나 포부르 생제르맹 사교계의 관점에서 보면 아마도 다소 의구심이 드는 취향이었을 것이다. 발자크는 소설 전체 맥락에서는 귀족들의 특성을 정확하게 묘사하고 명쾌하게 분석해 내지만, 지엽적인 부분에서는 좀 과장하여 표현하거나 순진하게 이상화하는 경향이 있다. 그가 묘사한 여성들은 뼈와 살을 가진 현실의 여인들이라기보다는 이를테면 셰퍼[48]의 작품 같은 낭만주의 그림에서나 볼 법한, 천상에서 내려온 여인들 또는 하계에서 올라온 여인들 같다.

프루스트도 발자크처럼 밖으로부터 이 세계의 안으로 들어갔다. 프루스트는 이 세계와 밀착하여 그것을 섬세하게 분석할 줄 알면서, 일정한 거리를 두고 분석할 줄도 알았다! 귀족 세계에 대한 그의 내밀한 지식에 감탄하다 보면 자연스레 톨스토이가 또다시 생각난다. 톨스토이도 『전쟁과 평화』나 『안나 카레니나』에서 여러 페이지에 걸쳐 통찰력 있는 묘사를 하는데, 프루스트의 묘사보다는 조금 덜 사실적이다. 프루스트는 실명을 쓴 실제 역사 인물 마틸드 공주부터 시작하여, 게르망트 공작 부부와 공작의 동생, 샤를뤼스 남작 등을 중심으로 '게르망트 부부라는 태양' 주변을 선회하는 궤도의 2열 혹은 3열에 위치한 주요 인물들, 그리고 그들의 부모와 친구들 이야기까지 아우르는 이른바 '귀족들의 갤러리'를 만들어 속물과 벼락부자와 여러 어리석은 자들이 가진 무한히 미묘한 면들을 속속들이 그려낸다.

다른 특성들보다도 이 세계의 성격을 더 잘 드러내 보여주는 것이 바로 속물성인데, 프루스트는 이를 가능한 모든 형태로 그려내고 있다. 그는 파리의 대大사교계만이 아니라, 훨씬 단순하고 공감이 가면서도 실제적 삶과 결부되어 있는 시골 귀족들의 세계 또한 묘사한다. 캉브르메르 남작 부부가 그 한 예다. 늙은 캉브르메르 남작 부인은 아주 단순하고 순진한 여성이다. 그녀는 음악을 진정으로 사랑함은 물론 소싯적 쇼팽의 제자였던 것에 큰 자부심을 갖고 있다. 한편 그녀의 며느리는 파리 출신으로, 예술계의 속물성이 무엇인지 보여주는 전형적인 인물이다. 예술과 자신을 연결할 그 어떤 예술적 재능이나 감성이 전무한 그녀는, 파리의 최신 유행에 관한 것이라면 죄다 암기하듯 꿰고 있다. 쇼팽은 당시에는 유행하지 않았기에, 공손한 성정의 시어머니는 자신이 쇼팽의 제자였다고 감히 밝힐 엄두를 내지 못한다. 파리 출신의 며느리가 아무리 유식한 척하며 확정적인 양 단언을 해도 그녀가 토론할 능력이라고는 없는, 시대에 뒤떨어진 시골 여자라는 사실을 잘 알고 있기 때문이다. 남작 부인은 수줍어서 자기가 쇼팽을 얼마나 사랑하는지도 고백하지 못한다. 그러니 음악을 정말로 사랑하는 한 남자, 이 젊은 주인공이 캉브르메르 댁을 방문했을 때 그녀는 얼마나 감동했을까. 이 남자는 그녀의 며느리가 함부로 쓰는 단언적인 화술을 아주 솜씨 좋게 무너뜨린다. 캉브르메르 남작 부인은 얼마나 기쁜지 마침내, 약간은 겁먹은 채로 자신이 얼마나 쇼팽을 좋아하는지 살짝, 감히, 고백한다.

우리는 이 이야기를 읽어가는 동안, 이 여성들이 예술을 대하는 태도에 대해 젊은 주인공이 어떤 생각을 갖고 있는지 충분히 짐작할 수 있다. 이는 회화에 대해서도 마찬가지다. 그는 유식한 척하는 자를 아주 난처한 상황으로 몰아넣는 것을 즐긴다. 젊은 귀부인은 이 젊은 남자가 자기보다 지식이 풍부함은 물론 예술계에 관해서도 잘 알고 있다는 사실을 의심하지 않기에 곤혹스럽다. 이 '유식자'는 푸생이 실존했던 사람이 아니라고 확언한다. 여기서 그녀의 자연주의적 경향 혹은 반고전주의적 경향이 드러난다. 그러자 주인공은 그녀에게, 드가(즉 결정적 권위)는 푸생을 프랑스 미술의 거장 중 하나로 생각한다고 말해준다. 이 부인은 완전히 당황해서 "아, 그렇다면 제가 파리에 가는 즉시 루브르부터 가봐야겠군요. 그림을 다시 보고 이 문제를 논의해야 하니까요"*라고 말한다. 프루스트는 아주 미묘하고도 섬세하게, 그러나 아주 분명하게, 이 여인이 자기가 끊임없이 말하는 예술을 실은 전혀 이해하지 못하고 있음을 우리에게 넌지시 알려준다. 예술은 그녀가 보기에 그저 흥미로운 무언가에 지나지 않는다. 세상에서 가장 어리석은 사람들 눈에 특히 흥미롭게 보이는 것 말이다. 그녀는 예술에 정통하지 않은 사람들이나 정말 예술적인 사람들 모두를 경멸한다.

그런데 다양한 형태로 미묘한 차이를 가진 속물성에 대해 말하는 이 프루스트야말로, 실은 그 삶에 있어서나 작품에 있어서 완벽한 속물로 평가받기도 한다. 학창 시절 프루스트의 친구들은 속물성이 그를 타락시켰다며 그의 곁을 떠났다. 툴루즈 로트레크에서부터 피카소와 초현실주의자들에 이르기까지 모든 예술가들의 친구였고 영특하기로 소문이 자자했던 미시아 세르[49]는 1914년에서 1915년 무렵, 뫼리스 혹은 리츠에서 프루스트와 저녁 식사를 함께 하며 그에게 혹시 속물은 아닌지 면전에서 묻는다. 이튿날 그녀는 어마어마한 분량의 편지(나중에 그녀가 잃어버린 게 분명한 편지)를 받는다. 프루스트는 거의 여덟 장에 걸쳐 빽빽한 글씨로 쓴 이 편지에서 전날 그녀가 한 질문이 얼마나 피상적인 것이었는지를 설명한다. 오늘날 우리가 이 글을 읽을 수 없게 된 것은 편지가 쓰레기통에 버려져서다! 프루스트의 삶이나 작품을 보더라도, 그의 태도에 스스로 "속물성"이라 일컬었던 유아적이고 미숙한 수많은 단점들이 아주 없지는 않음을 알 수 있다. 우리는 그의 책에서 게르망트 공작 부인을 향한 이끌림, 콩브레 교회에 있던 중세풍 스테인드글라스에의 이끌림, 또 게르망트 공작 부인에 대한 사랑과 그로부터 발견한 세계에 보내는 아찔한 경탄, 그리고 그 모든 결점과 옹졸함과 차가움과 무능함과

✣ "'하지만,' 하고 캉브르메르 부인의 눈에 푸생을 복권시키는 방법은 푸생이 다시 유행이 되었다는 것을 알려 주는 것뿐이라고 느낀 나는 '드가 씨는 샹티이 미술관에 있는 푸생의 그림보다 더 아름다운 것은 알지 못한다고 단언하셨는데요.'라고 말했다. '그래요? 전 샹티이의 그림은 알지 못해요.' 드가와 다른 견해를 피력하고 싶지 않았던 캉브르메르 부인이 이렇게 말했다. '저는 루브르 박물관에 있는 푸생을 말하는 거랍니다. 거기에 있는 그림들은 끔찍해요.' '드뷔시는 그 그림들도 무척이나 찬미하던데요.' 부인은 잠시 침묵을 지키다가 '다시 봐야겠네요. 이 모든 것이 제 머릿속에서 좀 오래된 것이라서.' 하고 대답했다." (마르셀 프루스트, 『잃어버린 시간을 찾아서 7 — 소돔과 고모라 1』, 김희영 옮김, 민음사, 372~373쪽)

어리석음 따위에 대한 냉혹한 지적 등을 발견한다.

프루스트는 특유의 대단한 섬세함으로, 게르망트 공작 부부의 젊은 군인 조카가 지닌 자질을 짚어낸다. 음악과 문학에 광적으로 몰두하던 이 조카는 본능적인 충동 속에서도 고상한 성격을 간직한 채, 전장에서 영웅적으로 전사한다. 그러면서도 프루스트는 모든 종류의 사교계 귀족들이 품은 교양 없는 무식함을 그만의 유머 감각으로써 그려내는데, 이를테면 어느 한 권에서는 이런 통렬한 문장을 덧붙인다. "만일 그가 그렇게 우둔하지 않았더라면 매력적이었을 것이다." 이런 세계를 바라보는 작가로서 프루스트의 태도는 초연하다. 하녀 프랑수아즈나 의사 무리, 또는 할머니를 대할 때처럼, 그는 거의 과학자같이 객관적이다. 프랑수아즈가 군림하는 콩브레의 부엌을 태양왕 루이 14세의 궁과 비교하기도 하고, 그녀 주위의 상황을 왕을 둘러싼 음모들과 비교하기도 한다.

프루스트는 하층민과 귀족의 이른바 '역대칭 유사성'[50]을 찾아내기도 한다. 화자는 어느 저택의 안뜰에서 어떤 인물을 만나는데, 바로 이 저택의 소유주인 게르망트 공작이다. 게르망트 공작은 대화하는 내내 먼지를 털어내기라도 하는 것처럼 손을 가만히 두지 못한다. 프루스트는 이 인물의 지나치게 가벼운 손동작과 비굴함이 느껴질 정도로 아첨하는 모습은 물론, 그가 입은 비로드 외투의 목깃에 붙은 털 몇 가닥까지 묘사한다. "이자는 대저택의 하인이면서 귀족 가문의 대표자나 다름없어. 이런 주소지에 사는 자가 갖게 마련인 반사 행동을 보이니까"✢라고 프루스트는 단언한다. 그는 귀족이면서도 베르사유궁전에서는 하인 역할을 하는 게르망트 공작을 통해 하인과 귀족의 유사성에 관한 이론을 도출하기에 이른다.

『잃어버린 시간을 찾아서』의 핵심 주제 가운데 우리

✢ "어느 날 게르망트 씨는 내 아버지의 전문 분야 관련 일로 문의할 일이 있다며 정중히 자기소개를 했다. 그 후에도 여러 번 아버지에게 이웃으로서 도움을 청했는데, 아버지가 어떤 일에 몰두하고 있어 아무도 만나고 싶어 하지 않으면서 계단을 내려올 때도, 공작은 아버지 모습이 보이기만 하면 재빨리 마구간 사람들을 팽개치고 안마당으로 나오는 아버지에게로 달려와, 예전에 왕의 시종이었던 조상으로부터 물려받은 그 시중들기 좋아하는 습관과 더불어 아버지 외투 깃을 바로잡아주고 아버지 손을 붙잡아 자기 손에 꼭 쥐면서, 수치심을 모르는 화류계 여자처럼 그 소중한 살을 접촉하는 데 인색하지 않다는 모습을 보여주려는 듯 아버지 손을 어루만지기조차 하면서, 무척이나 당황해서 도망칠 생각밖에 없는 아버지를 자기 마음대로 조종하며 대문까지 끌고 갔다."(마르셀 프루스트, 『잃어버린 시간을 찾아서 5 — 게르망트 쪽 1』, 김희영 옮김, 민음사, 55~56쪽)

가 살펴봐야 할 것이 또 한 가지 있다. 바로 육체적 사랑의 문제다. 프루스트는 가장 베일에 싸여 있고 가장 비밀스러운 자신의 어떤 측면을 연구한다. 그는 모든 종류의 비정상적 상태나 일종의 변태성욕에 대해서도 여태 그래왔듯 미화나 비하 없이, 분석가다운 거리 두기와 초연함의 태도를 가지고 탐색한다. 프루스트의 대선배 격이라 할 발자크도 『보트랭』이나 『황금 눈의 여인』에서 이와 같은 소재를, 비록 아끼려는 양 다 말하지는 않았지만 어느 정도 다룬 바 있다. 세계대전[51] 이후 20년이 지나는 동안 문학은 이미 성에 관한 거의 모든 영역을 다뤄왔기에 우리는 이제 이에 익숙하고 지친 감도 있으며 심지어 짜증이 나기까지 하는데, 이는 그 방식이 너무 냉소적이거나 혹은 노출에 지나치게 의존하는 탓도 있다(프루스트의 방식은 루이페르디낭 셀린에 비하면 상당히 신중한 편이다). 1914년 이전에 벌써 「스완네 집 쪽으로」의 몇몇 장은 뱅퇴유 딸들의 동성애를 다루고 있다. 오스카 와일드의 스캔들 덕분에, 이런 동성애의 세계 속에서 무너지고 만 대영주 샤를뤼스의 이야기를 하는 것이 가능했을 수 있다. 우리는 파리의 한 저속한 카페에서, 피학대음란증이라는 최악의 일탈에 빠진 샤를뤼스를 만나게 된다. 이런 장면들 역시 세계대전이 일어난

1914년 이전에 일부가 구상되었던 것으로, 이를 쓰는 데는 분명 적잖은 용기가 필요했을 것이다. 프루스트는 사람들이 알고 싶어 하지 않는 인간 영혼의 가장 비밀스러운 부분까지, 흡사 램프로 구석구석을 비추듯이 분석하고 있다. 귀족 계급에 대한 다른 연구에서처럼 그는 이 분야에서도 모자간의 사랑이나 예술에 있어서의 창조 비밀과 작동 원리 같은 것들을 분석한다. 우리는 여기서 다시 한번 놀라운 통찰력을 가진 프루스트를 만나게 되는데, 동성애를 이토록 정확하고 섬세하게 구명究明한 사람이 프루스트 이전에 과연 있었을까 싶을 만큼 놀라운 분석들이 이어진다.[52)]

나는 여기서 몇 가지 결론적인 것을 말하고 싶다. 물론 그 외의 것들에 대해서는 각자 연상하여 짐작할 수 있을 것이다. 프루스트는 그만의 어떤 계시의 형태를 통해 독자에게 모종의 관념 세계 또는 삶에 대한 다양한 관점을 갖게 한다. 여기서 중요한 것은 저자가 일방적으로 어떤 관념이나 관점을 독자에게 전달하는 것이 아니라, 독자로 하여금 자기 안에 있는 모든 사유와 감정능력을 일깨우게 만든다는 점이다. 즉, 독자가 이제까지 쌓아 올린 삶의 가치 체계를 스스로 새롭게 바라볼 것을 요구한다. 이렇게 말하면 앞서 한 것과는 조금 다른 유의 이야기로 들릴 테지만, 그의 작품을 읽다 보면 어떤 경향, 달리 표현하면 어떤 저의가 느껴진다. 프루스트의 작품을 말하는 데 있어 '저의성'이라는 말처럼 낯선 것도 없어 보이는데, 실은 프루스트 스스로도 언급한 바 있다. 그것은 오로지 작가의 정수가 녹아 있는 작품 저 깊은 바닥까지 파고들어 갔을 때만 계시되는 어떤 것이다.

마지막 권 「되찾은 시간」에서 그는 모리스 바레스와 논쟁을 벌인다. 바레스는 당시에 이른바 '프랑스 애국 청년 작가단'의 수장으로 통했는데, 물론 그것과는 별개로 그는 위대한 작가였다. 『뿌리 뽑힌 사람들』과 『영감의 언덕』에서 바레스는 작품의 애국적 측면을 강조했다. 로렌 지방 출신인 그에게 가장 깊은 영감의 원천이란 오로지 프랑스의 땅과 토양, 그리고 순수한 전통이었다(지드는 이런 바레스에 반대하여 '뿌리 뽑히기' 혹은 '고국 떠나기'에 관한 비평을 쓰면서 전혀 다른 세계와의 접촉이 주는 긍정적 가치를 강조한다). 바레스는 한 명의 작가란 한 민족의 작가여야 함을 절대로 잊어서는 안 된다며, 자신의 작품에서 이 같은 요소들을 깊게 파고든다. 프루스트는 뇌리를 스치는 한 문장으로 이에 답하는데, 아! 슬프게도 지금 그 문장이 떠오르지 않는다. 정확하지 않은 것을 이 자리에서 대충 말했다

가는 그의 문장을 더없이 진부한 것으로 만들어버릴 수 있으므로 나는 더더욱 말할 수 없다.[53)]

아무튼 바레스는, 작가는 작가이기 이전에 프랑스 국민으로서 자신의 역할과 임무를 늘 환기해야 한다고 말한다. 가령 어떤 학자가 연구를 계속하여 이례적인 무언가를 발견한다면, 그는 이 연구에 자기가 가진 모든 역량을 바쳐야 하며 그 밖의 것을 생각해서는 안 된다. 마찬가지로 어떤 작가가 조국에 기여한 바를 측정해야 한다면, 그것은 작가가 작품을 통해 표현한 이런저런 개념에 있는 것이 아니라 그가 이를 구현하기 위해 한계까지 밀어붙였던 그 노력에 있다는 것이다. 위대한 작가에게서 흔히 일어나는 일인데, 작가가 어떤 성향이나 경향을 갖게 되는 순간, 달리 말해 예술적 관점이나 어떤 개념에 대한 관점 자체를 독자에게 직접적으로 전하고자 할 때 작품의 효과는 오히려 줄어든다.

우리 문학 진영을 살펴보아도, 다소 비극적이긴 하지만 주목할 만한 예들이 있다. 스테판 제롬스키[54)]와 콘라트 코제니오프스키, 즉 조지프 콘래드의 예가 그것이다. 우리는 이 작가들의 작품에서 교훈주의나 특별히 드러나는 과도한 성향 같은 것을 결코 찾을 수 없다.[55)] 그러나 주의력 깊은 독자는 이 작품들이 어떤 문제의식을 일깨우고 있다는 것을 눈치챈다. 폴란드 혁명가의 아들인 콘래드는 러시아에서 태어났고, 그는 자신의 삶에 있어 자긍심이나 명예와 같은 것들을 중요시하면서 그것에 일종의 경외심마저 갖고 있었다. 그런데 콘래드는 자기 나라와 언어를 떠날 수밖에 없게 되었고, 낯선 세계에서 낯선 작가가 되어 마침내 다른 공기를 발견한 뒤에는 직접적으로 어떤 성향이나 교훈성을 드러내지 않는 작품을 썼다.

제롬스키는 폴란드에 콘래드를 알리기 위해, 또한 그를 새로운 폴란드의 작가로 만들기 위해 많은 일을 했다. 엘리자 오제슈코바[56] 같은 작가가 조국이 아들들을 가장 필요로 할 때 콘래드는 폴란드를 떠났다며 그를 배신자 진영에 넣기도 했으므로 콘래드를 옹호하지 않을 수 있었는데도 말이다. 내가 보기에 제롬스키에게는 콘래드만큼은 아니어도 분명 재능이 있었는데, 그는 자신이 무엇보다 사랑한, 예술보다도 더 사랑한 조국을 결코 떠나지 않았다. 그는 항상 조국에 도움이 되기를 바라는 마음으로 작품을 썼다. 이를 한마디로 말하자면, 아담 미츠키에비치[57] 사망 이후에 나온 지그문트 크라신스키[58]의 문장을 떠올려 볼 수 있을 것이다. "그는 우리 세대의 피였고, 우유였고, 꿀이었다."

그러나 제롬스키는, 가장 고귀한 명분으로 자기 작품의 완벽성을 희생하는 것도 마다하지 않은 인물임을 반드시 짚고 넘어가야 하는, 너무나 큰 작가다. 폴란드의 해방 이후 출간된 연구서에서 그는 매우 감동적으로, 그리고 겸손하게 자신에 대해 이렇게 말하고 있다. "나는 내 동포들의 양심을 일깨우고 싶은 열망으로 가득했고, 설사 어떤 경향으로 내 예술적 가치를 망치는 한이 있더라도 동포들에게 이타성과 영웅적 정신을 고취하고 싶었다. 그것이 없었다면 내 작품들은 너무나 취약한 것이 되어버렸을 것이다." 콘래드를 대중에 알리기 위해 온갖 노력을 한 사람이 제롬스키였다. 그는 폴란드어로 번역된 『나르시소스호의 흑인』✢ 서문에 이렇게 쓴 바 있다. 콘래드에게서 한 반역자를 본 것이 아니라, 자신은 희생할 수밖에 없었던 것을 마침내 구현할 수 있는 한 형제를 보았다고. 그가 보기에 자유로운 폴란드의 젊은 세대에 없어서는 안 되는 자양분은,

✢ 『나르시소스호의 흑인』은 1897년 영어로 출판되었고, 폴란드어로는 1923년에 출간되었다.

바로 콘래드가 구현한 것과 같은 것이었다. 콘래드는 폴란드 문학의 영토를 떠남으로써 아마도 당대의 가장 위대한 작가가 될 수 있었을 것이다. 그리고 바로 이것이, 우리가 이 작가에게서 발견할 수 있는 불행한 측면일 터다.

『전쟁과 평화』나 『안나 카레니나』에도 눈에 띄는 교훈성은 거의 없다. 톨스토이는 『안나 카레니나』를 고치면서 자신의 고유한 견해를 독자 앞에 드러내지 않기 위해, 이례적으로 긴 토론 장면의 대사를 새로 썼다. 그러나 그가 노년에 쓴 『부활』에서 우리는 분명히 드러나는 교훈성을 읽게 된다. 본질적인 몇 가지 관념을 지나치게 자주 강조한 탓에 독자들에게 상반된 효과를 불러일으키기도 했다. 톨스토이도 자신의 생각을 광채 나게 표현하려다 보니 이 작품이 오히려 예술적으로는 다소 질이 떨어지게 되었다고 스스로 인정했다.[59] 그런데 프루스트는 전혀 다르다. 어떤 일관된 입장이라고 할 만한 것이 너무 부족하다 싶을 정도다. 그는 서로 이질적이거나 양립하는 영혼들의 상태를 알아보고 그것을 이해하려는 의지로 가득 차 있다. 소위 하층민에게서 거의 숭고함에 가까운 귀족풍의 우아한 몸짓을 목격하기도 하고, 지극히 순수한 자들에게서 가장 저열한 반사 행동을 발견하기도 한다. 이렇게 그의 작품은 어떤 자각을 통해 삶을 여과하고 투사해 내면서 우리에게 깊은 영향을 미친다. 다시 말하지만 이 자각이란 이루 헤아릴 수 없을 만큼 정밀한 것이며, 그 누구의 것보다도 위대하다.

내가 『잃어버린 시간을 찾아서』에서 개인적으로 찾아낸 이데올로기적 결론을 말하면, 많은 프루스트 독자들이 아마 의아해할 것이다. 그런데 이는 이른바, 거의 '파스칼적'인 것이다. 나는 전에 보이젤렌스키라는 작가가 프루스트에 관해 쓴 글을 읽은 적이 있는데, "감미로운" 샤를뤼스에 대해 말하는 매우 인상적인 대목이 있다. 특히 이 글은 프루스트 작품의 정수를 그가 그려내는 삶의 기쁨에서 찾고 있다. 방금 파스칼에 대해 잠깐 말했는데, 그가 절대적으로 반反관능적 태도를 견지했다는 것은 익히 알려진 사실이다. 절대성을 추구하는 파스칼은, 감각 기관들을 통해 일시적으로 느낄 뿐인 것은 모두 덧없는 기쁨에 불과하다고 여겼다. 천재적인 과학자이자, 프랑스에서 가장 섬세한 지성인들에게 둘러싸인 채 칭찬 속에 자라면서 키우게 된 약간의 오만함과 더불어 성공에 대한 타고난 갈증을 가진 그였지만, 어느 날 밤 이후 파스칼은 전혀 다른 사람이 된다. 이 일은 여전히 미스터리로 남아 있다. 지상을 떠나 절대적 세계를 환각처럼 본 어느 날 밤,[60] 죽음의 문턱에서 살아 돌아온 그는 다급히 아주 작은 종잇조각에다 이런 말을 적었다. "눈물들, 기쁨의 눈물들." 이후로 파스칼은 모든 것으로부터, 모든 사람들로부터 떨어져 나와 자신의 열정적 기질과 함께 극단적인 고행 속으로 빠져들었다. 그는 포르루아얄[61]에 은둔했다.

파스칼은 자신의 병들고 보잘것없는 몸을 더욱 피곤하게 만들며 고문했다. 사람들이 음식을 주어도 그 맛을 제대로 느끼지 못하는 방식으로 그것을 먹었고, 쇠로 된 허리띠를 찼다. 그는 이따금 어떤 생각이나 개념 따위를 종이에 끼적거리면서 수학, 물리학, 나아가 문학과 같은, 자신에게 가장 숭고하다 할 만한 것들을 열정적으로 창조하여 간직했다. 이것이 그의 사후에 한 권의 책으로 묶여 나왔는데, 세계문학사에서 가장 간결하고도 심오하면서 열정적으로 쓰인 저작 가운데 하나인 『팡세』가 그것이다. 파스칼이 조롱한 것은 타락한 감각들만이 아니라 모든 감각 그 자체였다. 이런 끔찍한 문장이 바로 파스칼의 문장이다. "결혼, 기독교의 최하 조건." 따라서 거의 모든 페이지가 감각에 대한 연구라 할 『잃어버린 시간을 찾아서』를 내가 파스칼적인 생각으로 읽는다고 한다면 역설로 보일 수 있다. 사실 이 작품은 지상의 모든 감각적 쾌락을 향한 경배의 마음으로, 열정적인 동시에 섬세하고 인식적인 방식을 통해, 가능한 한 그 모든 쾌락을 즐길 줄 아는 한 남자에 의해 쓰인 수천 페이지의 글이 아니던가. 프루스트가 중학교 시절 친구인 다니엘 알레비에게 쓴 짧은 편지가 있는데, 이 편지를 우리는 도덕주의자 친구의 조언 혹은 지적에 대한 프루스트의 대답으로 읽을 수 있을 것이다.

프루스트, 그는 단 하나만을 갈망한다. 바로 (육체적) 사랑의 기쁨을 삶 속에서 강하게 느끼는 것이다. 그의 첫 문학 환경이 프랑스 사회였다는 것을 기억하자. 당시 위대한 프랑스 작가들이 천착했던 쾌락주의라는 종교는 분명 프루스트의 관념 세계에도 그 형성 단계부터 영향을 미쳤을 것이다. 프루스트의 모든 작품에서 절대에 대한 탐구는 없다. '신'이라는 단어는 아마 수천 페이지에 걸쳐 단 한 차례밖에 나오지 않을 것이다. 그리고 아마 이 때문에, 잠시 지나가는 삶의 즐거움에 대한 신격화는 우리 입안에 '파스칼적 재'[62]의 맛을 남긴다. 『잃어버린 시간을 찾아서』의 주인공이 모든 것을 떠나는 것은 신이라는 이름을 가진 무언가 때문이 아니며, 종교라는 이름의 무언가 때문도 아니다. 전광석화 같은 깨달음에 휩싸여서다. 코르크로 벽을 다 막은 방 안에서 그는 '살아 죽은' 채로 묻힌다(나는 프루스트의 운명과 주인공의 운명을 기꺼이 뒤섞는다. 그도 그럴 것이 이 점에서는 둘이 하나이기 때문이다). 죽을 때까지 자신의 '절대'인 예술에 복무하기 위해서다. 그래서 마지막 권인 「되찾은 시간」은 기쁨의 눈물들로 뒤범벅되어 있으며, 이는 단 한 알의 소중한 진주를 사기 위해 전 재산을 팔아치운 사람이 부르는 승전가다. 하루살이처럼 덧없는 모든 것, 찢어지는 듯한 고통, 세상의 모든 기쁨과 청춘과 명성 그리고 에로티시즘의 공허함이 창조자의 기쁨과 비교된다. 한 문장 한 문장 직조하며 매 페이지를 만지고 또 만지는 이 존재는 결코 전적으로 닿을 수 없는, 닿는 것이 영영 불가능한 무언가를 찾아가고 있을 뿐이다.

사교계의 공허함. 사교계의 완벽한 남자 스완은 훗날 중병에 걸려 의사에게 사망 선고를 받는다. 앞으로 두 달 혹은 세 달밖에 살지 못한다는 것이다. 스완은 이 소식을 가장 가까운 친구이자 당시 파리 사교계의 여왕이었던 게르망트 공작 부인에게 알리려고 공작 부부의 집을 찾는다. 그리고 그 집 안뜰에서 두 사람을 만난다. 그런데 공작 부부는 대연회가 있어 서둘러 나가던 참이다. 부부는 친구에게서 그가 받은 사망 선고에 관해 들을 것인지, 아니면 대연회의 중요한 저녁 식사 자리에 늦게라도 참석할 것인지 선택을 해야 한다. 부부는 내심 후자를 택하고 싶었는지 시체처럼 창백한 얼굴을 하고 있는 불쌍한 스완에게 괜찮아 보이는데 무슨 말이냐며, 그가 가져온 비보를 하찮은 것으로 만들어버린다. 장엄한 저택의 안뜰 가장자리에, 스완은 홀로 서 있는 나무처럼 남겨진다. 그리고 잠시 후 공작은 아내의 신발이 자기가 기대했던 것과 전혀 다른 색상임을 알아차린다. 붉은 비로드 드레스와 루비 목걸이에 더 잘 어울리는 신발이었으면 하는 것이 그의 바람이다. 스완은 단 몇 분도 몸을 가눌 수 없다. 결국 잘못 맞춰 신은 신발 탓에 공작 부부의 출발은 15분가량 지체된다.

귀족적 오만의 공허함. 프루스트는 「되찾은 시간」에서 우리에게, 같은 장소인 게르망트 저택에서 열리는 화려한 연회를 보여준다. 이 가문의 순수 혈통이자 드문 섬세함과 독특한 스타일로 유명했던 공주가 죽자, 2인자였던 게르망트 공작 부인이 그녀를 대신하게 된다. 부인은 부유한 부르주아이자, 속물적인 면과 통속성 그리고 어리석음이 뒤섞인 존재다. 세계대전 이후 대서양 너머에서 건너온 부유한 미국인들을 비롯한 귀빈들은, 자기들이 아는 그 유명한 게르망트 공작 부인과 여기서 자기들을 맞는 이 게르망트 공작 부인 사이에 이름과 이 자리에서의 역할 외에는 어떤 공통점도 없다는 사실을 전혀 의심하지 않은 채, 그녀를 받아들이고 찬미한다.

젊음과 아름다움의 공허함. "복구할 수 없는 능욕의 시절."* 감미로운 여인. 스완과 그 밖의 수많은 남자들의 정념의 대상. 스완의 여자이자 이어 포르슈빌의 여자가 되는 오데트는 프루스트의 작품 전체에 걸쳐 유혹적인 여성으로서의 거의 모든 것을 구현하고 있지만, 마지막 권에서는 늙은 데다 백치에 가까운 모습을 하고 딸의 살롱에 웅크려 사는 여인으로 묘사된다. 여전히 사치품과 여기저기서 받은 선물들에 둘러싸여 있지만, 이제는 거의 눈에 띄지 않는 존재다. 사람들은 그녀가 살롱에 입장하는 순간만큼은 다가가서 경의를 표하지만, 두 발짝만 떨어지면 금세 그 존재를 잊어버리고 심지어 큰 소리로 그녀를 향한 경멸적이고 사악한 말을 쏟아낸다. 그리고 프루스트는, 내가 이미 여러 차례 말한 것같이, 이 모든 것을 자신과 일정한 거리를 둔 채 잔인할 만큼 객관적으로 다룬다. 여기서 그는 의외의 문장 하나를 덧붙이는데, 그의 것이라기에는 매우 사적인 부드러움이 넘쳐난다. "평생 아첨과 찬미를 받던 이 여인은 이제는 누더기처럼 나약한 사람이 되어 연미

복과 화장과 장식으로 넘쳐나는 이 맹렬한 세계를 겁에 질려 바라본다. 그리고 나는 처음으로 이 여인에게 호감을 느꼈다."++

명성의 공허감과 무기력. 대배우 베르마는 약간은 사라 베르나르[63]의 변형 같다. 이 배우의 존재는 프루스트로 하여금 정말로 독특한 몇몇 장면을 쓸 수 있게 해주었다. 이 배우는 늙었고, 아프다. 약물에 찌들어 더 이상 무대에서 연기를 할 수 없다. 그녀는 파리의 센강 연안에 있는 저택에서 고통과 불면으로 밤을 지새운다. 그나마 휴식이 허락되는 것은 아침 무렵이다. 이 배우에게는 애지중지하는 딸이 있고, 딸의 존재로 인해 그녀는 이 모든 고통을 참아낼 수 있다. 딸은 어머니와 가까운 곳에 저택 한 채를 갖기

\+ "수년, 복구할 수 없던 분노를 복구하기 위하여."(플라우투스를 차용하며, 장 라신, 『아탈리』, II, 5.)

++ 차프스키는 다음과 같이 끝을 맺는 「사라진 알베르틴」의 긴 단락을 상기한 것이다. "나의 새로운 '자아'는, 낡은 자아의 그늘에서 점점 자라면서 그동안에 알베르틴에 관한 이야기를 자주 들었던 것이다. 낡은 자아를 통하여, 그에게서 들은 이야기를 통하여, 새로운 자아는 그녀와 아는 사인 줄 여겨 정을 주고, 사랑하고 있었다. 그러나 그것은 단지 간접적인 애정인 것이다."(마르셀 프루스트, 『잃어버린 시간을 찾아서 10—사라진 알베르틴』, 김창석 옮김, 국일미디어, 230쪽)

를 원한다. 그런데 어느 날 아침부터 계속되는 망치 소리에 베르마는 도무지 잠을 이룰 수 없다. 그즈음 그녀보다 훨씬 젊은, 배우들 간 서열로는 세 번째쯤 되는 여배우 하나가 그녀에게 결정타를 날린다. 어떤 저열한 음모를 통해 마침내 자신의 공연을 무대에 올려 대성공을 거두면서 대중의 호의를 얻어낸 것이다. 전쟁이 막 끝난 뒤라 대중이 그렇게 까다롭지 않았기에 가능한 일이었다. 같은 날, 늙은 베르마는 자신의 사교계 팬들을 위해 연회를 연다. 이 야회에 파리의 유명 인사가 모두 모일 거라 생각한 그녀는 그들 앞에서 아주 세련된 시를 낭독할 계획이었다. 그러나 이 늙은 여배우는, 그날 저녁 텅 빈 살롱을 목도해야 했다. 그곳엔 작은 키의 젊은 남자 한 명과 그녀의 딸, 그리고 게르망트 공작 부인의 눈부시게 화려한 살롱이 아닌 늙은 장모의 집에서 열리는 야회에 억지로 참석해야 해서 화가 단단히 난 사위만이 있을 뿐이었다.

프루스트는 뼈만 앙상하여 분가루로 뒤덮인 그녀의 얼굴과 "에레크테이온의 대리석 속 뱀들처럼 여전히 살아 있는 그녀의 눈"*을 묘사한다. 이제 그녀가 그토록 사랑한 딸이 마지막 일격을 가하는 일만 남았다. 딸은 남편과 함께 어머니의 살롱을 떠나, 대연회에 초대받지 않았으면서도 급히 그곳으로 향한다. 어머니의 숙적이 승리를 구가하며 연 연회에 참석하기 위해서 말이다. 새로이 '대세'가 된 이 배우의 연회에 참석하는 것은 그들로서도 영광스러운 일이다. 여배우의 중개인을 통해 드디어 살롱에 입장하게 된 부부는 흥분한다. 여배우는 보란 듯이 베르마의 딸을 환대함으로써 그녀의 어머니에게 상처를 주고자 했고, 기어이 목적을 달성하자 너무나 행복해한다.

사랑의 공허함. 사랑의 모험과 모든 열정, 그리고 사랑으로 인한 타락과 방탕. 전적으로 이에 몰두한 자들에게 결국 남는 것은 무엇일까? 우리는 다 늙고, 사회의 가장자리에 남겨져, 기괴한 마조히즘에 빠진 채 사창가를 전전하는, 바위에 묶인 프로메테우스 같은 샤를뤼스 남작을 보게

✣ "질베르트의 부모님 집에서 베르고트를 처음 본 날, 나는 그에게 최근에 라 베르마가 「페드르」에서 낭송하는 걸 들었다고 얘기했다. 그러자 그는 라 베르마가 어깨 높이로 팔을 올리고 서 있는 장면에서—사람들이 많은 갈채를 보냈던 장면에서—라 베르마 자신은 게다가 어쩌면 한 번도 본 적 없는 걸작의 고귀한 예술과 더불어, 올림피아 동산의 메토프 벽에 새겨진 헤스페리데스 자매 가운데 하나와 또한 에레크테이온 신전을 장식하는 아름다운 처녀들을 환기한다고 말했다."(마르셀 프루스트, 『잃어버린 시간을 찾아서 3—꽃핀 소녀들의 그늘에서 1』, 김희영 옮김, 민음사, 236쪽)

된다. 이어서 작은 자동차 안에 앉아 있는 샤를뤼스를 보게 되는데…… 그는 눈이 멀어 있고, 마치 어린 시절로 되돌아간 것처럼 혼자 걷지도 못해 조끼 재단사인 쥐피앵의 부축을 받는다. 쥐피앵은 젊은 시절 남작의 수상쩍은 친구이자 사창가의 주인으로, 이 노인 곁에 남은 유일한 사람이다. 그는 거의 모성적인 보살핌으로 친구에게 헌신한다.

『잃어버린 시간을 찾아서』의 주인공이 가장 사랑한 이는 알베르틴이다. 「꽃핀 소녀들의 그늘에서」는 소녀 시절 알베르틴의 매력과 그녀의 활달한 친구들에 대한 묘사로 가득하다. 「소돔과 고모라」와 「갇힌 여인」에서 우리는 이 젊은 아가씨가 주인공에게 불러일으킨 사랑과 질투 등의 감정을 목도하게 된다. 「사라진 알베르틴」에서는 그의 비탄 가득한 절규와 도망친 젊은 여자를 향한 끈질긴 추적과 자신이 과거에 느낀 질투, 고통 따위에 대한 사색이 서술된다. 그렇게 1년쯤 지났을까? 베네치아 여행 중에 주인공은 이 여자 친구가 갑작스럽게 세상을 떠났다는 소식을 듣게 된다. 그제야 그는 그녀를 마음속에서 어느 정도 정리할 수 있을 것 같다. 게다가, 짧은 순간이기는 하지만, 다른 여자가 그의 마음에 들어오기도 한다. 이 얼마나 놀라운 초연함인가. 더구나 이는 파스칼의 반反관능적 분노와는 아무런 공통점도 없다. 프루스트는 사랑에 대해 줄곧 말하면서도, 이 여러 권에 걸친 이야기의 마지막에 가서야 비로소 자신이 받았던 고통에 대해 말하고 있지 않은가. 사실 그는 일종의 유용성이라는 관점에서 사랑을 말한다. 속물적인 사교계에서 누군가를 만나 사랑의 열병을 앓으며 고뇌에 시달렸으니, 이에 대항하기 위해서라도 차라리 그 해독제로서 육체에 탐닉하는 사랑을 찾았는지도 모른다. 프루스트는 점점 더 이 점을 강조한다. 예술가는 고독하고, 고독해야만 한다. 제자들도 신봉자들도 결국은 예술가를 쇠약하게 만드는데, 그도 그럴 것이 사랑에 대한 그의 관점이란 절대적으로 염세적인 것이기 때문이다. 그로부터 볼 수 있는 것이라곤 오로지 "값비싼 상처와 고독으로 증가되는 자각"이라는 동인動因밖에 없는 까닭이다. 따라서 감각의 전 영역에서 그나마 용인할 수 있는 것은 아마도 그와 같은 기쁨일 테다. 사교계를 떠나고, 일시적이며 덧없는 기쁨에서도 모두 떠나 자기 작품 속에 파묻히는 것. 그런데 아마, 그는 매력적인 젊은 아가씨들과 사랑을 나누던 순간만큼은 그나마 허용될 수 있으리라고 속으로 되뇌었을지 모른다. 그는 장미만 먹고 사는 고대의 말처럼 되지는 않았을 것이다.

만일 우리가 삶과 죽음에 대한 프루스트의 마지막 생각을 알고 싶다면, 다시 말해 그토록 긴 경험이 한 존재 안에 축적되면서 생긴 생각을 알고 싶다면, 죽음이 실제로 그에게 다가왔을 때 쓴 글을 보면 될 것이다. 작중인물인 베르고트가 중요한 단서일 수 있다. 베르고트는 『잃어버린 시간을 찾아서』에 나오는 위대한 작가로, 언어의 마술사면서 주인공이 젊었을 때 이미 문학의 모든 아름다움을 구현해 낸 인물이다. 프루스트는 이 인물을 창조하기 위해 아나톨 프랑스를 관찰하고 연구했다. 베르고트라는 인물에는 실제 아나톨 프랑스의 특징들이 상당히 녹아 있으며, 프루스트 말년의 내적 경험도 들어가 있다. 우리는 「스완네 집 쪽으로」에서 이미 베르고트를 만났다. 젊은 주인공은 그를 알게 된 후로 그를 자기가 가장 좋아하는 작가로 삼고, 또 그와 실제로 만나 정말로 아는 사이가 되기를 꿈꾼다. 주인공이 그와 처음 만나는 것은 이미 '스완 부인'이 된 오데트의 살롱에서로, 아마 「게르망트 쪽」에 나오는 장면일 것이다.* 화자는 스완의 옛 친구인 그를 그곳에서 처음으로 보게 되는데, 스완은 베르고트를 극진하게 대하며 함께 대화를 나누는가 하면, 그를 데리고 방문객들 속에서 빠져나와 자신의 차로 가기도 한다. 프루스트가 묘사하기로는, 이런

식으로 그를 알게 되었지만 처음에는 아주 실망을 했다고 한다. 뼈와 살을 가진 모습을 한 이 사내는 소년이 오래전부터 꿈꿔왔던 그와 별로 공통점이 없었기 때문이다. 놀라운 것은 스완의 친구인 베르고트가, 처음 보는 이 젊은 주인공에게 차멸미에 관해 아주 정교하면서도 무심하게, 또 능수능란하게 말을 한다는 점이다. 프루스트는 이 만남을, 예술가들에게서 자주 보게 되는 모든 종류의 나약함, 크고 작은 느슨함, 그리고 이런저런 거짓말에 대해 날카롭고 정확하게 파헤치는 연구의 계기로 삼는다.

우리는 다음 권에서 가장 명성이 높던 시기의 베르고트, 즉 늙은 그를 만나게 된다. 하나 그는 창작력을 이미 소진한 뒤다. 그는 책을 점점 덜 쓰게 되고, 작품의 질도 갈수록 떨어진다. 여전히 쓰는 데서 기쁨을 느끼기는 하지만, 훨씬 더 많은 노력을 기울여야만 겨우 맛볼 수 있는 기쁨일 따름이다. 강렬하던 내적 요구도 이제는 줄어들었다. 그는 이 문장을 자주 되풀이한다. "이 책을 쓰는 동안만큼은 내

✣ 주인공인 화자가 베르고트라는 이름을 처음 듣는 것은 1권인 「스완네 집 쪽으로」에서고, 그와 처음 만나는 장면은 1919년에 출간된 「꽃핀 소녀들의 그늘에서」에 나온다.

가 이 나라에 쓸모가 있다고 생각한다."* 그가 걸작을 쓰던 때에는 결코 이런 말을 한 적이 없었다. 이런 심리묘사와 그에 관한 여러 지적들을 볼 때 베르고트라는 인물은 프루스트 자신이 아니라, 작중인물을 만드는 데 그의 일부가 재료로 쓰인 아나톨 프랑스(아니면 아마도 바레스)일 것으로 짐작된다. 그러나 「사라진 알베르틴」에 나오는 베르고트의 병 그리고 죽음과 관련한 장면들을 보면, 당시 프루스트의 정신 상태와 육체 상태가 고스란히 느껴지기도 한다. 이 장면들은 프루스트가 죽기 직전까지 퇴고했던 마지막 권에 나온다. 교정쇄에 표시된 수정 사항이 어마어마한 양이었다는 것을 우리는 잘 알고 있다. 그는 10여 페이지, 아니 100여 페이지가 넘는 분량을 덧붙이고, 다시 쓰고, 삭제한다. 편지마저도 좀먹은 듯 첨삭으로 가득 채워져 있을 정도였다는 발자크의 저 유명한 악습처럼 말이다.

프루스트는 의사와 환자의 관계에서 생기는 모든 희망과 실망을 세세하게 묘사한다. 온갖 종류의 수면, 그리고 진정제와 환각제와 수면제 등. 약들은 베르고트가 불면증에 시달리며 죽음의 문턱에서 집어삼킨 것들이다. 베르고트의 병세가 마지막 단계에 이르렀을 때 그가 보인 행동이나 몇몇 특징은, 프루스트가 죽기 며칠 전에 보인 것들과 유사하다. 스완과 베르고트가 모두 사랑한 네덜란드의 위대한 화가 베르메르[64]의 전시회 기간 중 베르고트는 죽음을 맞는다. 프루스트가 죽기 몇 년 전에 그의 동료이자 친구인 장루이 보두아예[65]가 네덜란드 회화전에 그를 데려갔다는 사실을 나는 우연히 알게 되었다. 프루스트는 그곳을 찾았다가 심장에 심각한 이상이 생겼음을 감지한다.

「갇힌 여인」에서 베르고트는 자신의 건강 상태로 전시회를 방문했다가는 위험해질 수도 있다는 걸 알고 있었다. 그러나 죽기 전에 베르메르의 그림을 한 번이라도 더 보기로 마음먹는다. 전시회장에 들어서자마자 그는 그림이 풍기는 신비한 매력에 사로잡힌다. 중국 화풍의 간결함과 섬세함, 화폭 자체에서 우러나는 부드러운 선율은 이루 말할 수 없을 만치 아름답다. 그는 감탄에 젖어 잠시 걸음을 멈춘다. 강과 강가, 그리고 그 위에 있는 집들을 그려놓은 풍경화 앞에서 말이다. 노란빛이 감도는 모래 위에 작은 크기의, 푸른빛을 띤 사람들이 보인다. 그리고 햇살에 황금빛

✣ "어쨌든 이건 적당히 정확해. 내 나라에 그렇게 불필요하지는 않겠지."(앞의 책, 231쪽)

으로 물든 "작은 벽면petit pan de mur jaune". 베르고트가 마지막으로 작가 의식의 시험을 치르는 곳이 바로 여기다. "이 작은 황색 벽면, 이 작은 황색 벽면. 베르고트는 낮은 소리로 중얼거렸다. 내 책을 바로 이렇게 썼어야 하는데. 같은 문장을 다시 쓰고, 다시 쓰고, 그렇게 더 풍부하게 만들었어야 하는데. 이 벽면처럼 말이야, 이렇게 거듭 덧칠을 해서 말이야. 내 문장은 너무 건조해. 너무나 작업이 덜 됐어."* 프루스트가 아나톨 프랑스의 제자임을 감안할 때, 그가 이런 문장을 썼다는 것이 놀랍다. 이제 다시, 베르고트이자 프루스트에게서 나온 것 같은 낮은 음성이 들려온다. "화가가 누구인지도 모를 텐데 이런 디테일에 열중하는 게 무슨 의미가 있겠어. 필시 아무도 주목하지 않고, 이해하지 못하고, 아니 아무도 보지 않을 종점을 향해 쉼 없는 노력을 해봤자 무슨 의미가 있겠어. 우리는 마치 공정함이나 절대적 진실, 완벽한 노력이라는 법칙들 아래 사는 것 같아. 이 법칙들은 조화와 진실이라는 또 다른 세계 속에 창조되어 있고, 그 반영들이 여기 도달해 지상에서 우리를 안내하는 것이겠지."**

예민하지 않은 독자라면 무심히 흘리거나, 혹은 특별한 의미를 찾아내지 못할 수도 있다. 프루스트가 문장 하나

하나에 무게를 실어 표현한 것을 전혀 알아보지 못할 수도 있다는 말이다. 하지만 우리는 이 문장들이 작가가 죽기 직

✣ "'나도 이처럼 글을 썼어야 옳았지' 하고 그는 생각했다. '내 최근의 작품은 모조리 무미건조하단 말야. 이 황색의 작은 벽면처럼 채색감을 거듭 덧칠해서 문장 자체를 값진 것으로 했어야 옳았어.'"(마르셀 프루스트, 『잃어버린 시간을 찾아서 9 — 갇힌 여인』, 김창석 옮김, 국일미디어, 245쪽)

✣✣ "단지 말할 수 있는 것은, 이승에서는 마치 전생에서 무거운 의무를 짊어지고 태어났기나 한 듯 만사가 경과한다는 점이다. 이 지상에서 삶을 누리는 조건 속에는 선을 행해야 한다는, 세심해야 한다는 의무, 예절 바르게 굴어야 한다는 의무마저 느끼게 할 아무런 이유도 없고, 또 신을 믿지 않는 예술가로 말하면, 영영 알려지지 않을 한 화가, 고작 베르메르라는 이름으로 알려져 있을 뿐인 한 화가가 학식과 세련된 솜씨를 다해 황색의 작은 벽면을 그려냈듯이, 몇 번이고 되풀이해서 한 가지를 그려야 한다는 의무를 짊어지고 있다고 느낄 아무런 이유도 없다. 설령, 그 그림이 칭찬을 받은들 구더기에 먹힌 그 몸엔 대수롭지 않을 것이다. 이러한 의무는 현세에서 상벌을 받는 게 아니며, 이 세계와는 동떨어진 세계, 선의, 세심, 희생에 기초를 둔 다른 세계에 속해 있는 성싶다. 인간은 그 세계에서 나와 이 지상에 태어나고, 아마도 머잖아 그 세계로 되돌아가 미지의 법도의 지배 밑에 다시 사는 게 아닐까. 그러나 이에 앞서, 인간은 이 지상에서 그 법도에 따른다. 왜냐하면 어떤 손이 적었는지 모르는 채, 마음속에 법도의 가르침을 지니고 있기 때문이다. 온 깊은 지성의 수고가 우리로 하여금 가까이 보이게 하는 이 법도, 단지 어리석은 자의 눈에만 보이지 않는 법도, 아니 때로는 어리석은 눈에도 비치는, 그래서 베르고트가 영구히 죽지 않았다는 생각에도 일면의 진리는 있다."(앞의 책, 246쪽)

전까지 재차 손본 것임을 알고 있다. 프루스트가 『천사들의 반란』✣을 쓴 작가의 제자인 점을 생각하면, 그가 쓴 수천 페이지들 가운데 매우 이례적인 서술이라고 해야 할 것이다. 그런데 갑자기 다른 생각이 떠오른다. 다른 위대한 작가가 머릿속에 떠오른다는 말이다. 작품의 처음부터 끝까지 오로지 하나의 문제에만, 신과 불멸성의 문제에만 완전히 사로잡혀 있던 작가 말이다. "삶 속의 많은 것들이 우리에게 감추어져 있다"고 도스토옙스키가 『카라마조프의 형제들』에서 조시마 장로의 입을 빌려 말하지 않았던가. "그러나 우리는 전혀 다른 세계, 더 위쪽의 세계와 생생히 연결된 것 같은 '내적 감정'을 그 대가로 받는다. 우리 생각과 감정의 뿌리 자체는 여기에 있지 않다. 전혀 다른 세계에 있다."[66)]

도스토옙스키는 이런 '연결의 내적 감각'과 그것이 갖는 의미 덕분에 우리 안에 모든 것이 살고 있는 거라고 덧붙인다. 또 이 사라진 감정 탓에 우리는 생에 무심해지고, 결국은 그것을 증오하게 된다고도 말한다. 베르고트가 예술은 궁극적으로 무엇이어야 하는지 마침내 깨닫게 된 순간, 그의 지난 작품들의 질과 취약점이 델프트 풍경화 속 작은 황색 벽에 드리운 빛 아래 드러나는 바로 그 순간, 그는 자신의 심장에 위기가 닥쳐오는 것을 느낀다. 옆에 있는 아무 의자에든 앉고 싶어진다. 아무것도 아니라고 혼자 중얼거린다. 소화불량 때문일 거라고 생각한다. 오기 전에 감자 몇 알을 급하게 집어 먹은 것을 후회한다. 그러나 이런 생각이 머무는 것도 단 몇 초뿐이다. 상태가 급속도로 나빠진다. 긴 의자에 몸이 채 닿기도 전에, 베르고트는 바닥에 쓰러진다. 그리고 죽음이 도래한다. 프루스트는 이 묘사 뒤에 이런 문장을 추가한다. "베르고트는 죽은 것일까? 영영 죽은 것일까?"** 그는 베르고트가 무너지지 않는 것이, 전적으로 파괴되지 않는 것이 불가능한 일만은 아니라고 덧붙이면서, 도스토옙스키가 환기했던 것과 같은 내용의 문장을 전개한다. 그리고 시적인 문장으로 숭고하게 끝을 맺는데, 이 자리에서 내가 그 문장을 여러분에게 정확히 옮길 수 있을지 모르겠다. "밤새, 파리 서점들의 모든 진열창에는 불이 밝혀져 있었고, 그의 책들이 세 권씩 펼쳐진 채 마

* 아나톨 프랑스가 쓴 도덕적 우화로, 1914년에 출간되었다.

** "그는 숨져 있었다. 영영 죽었나? 누가 그렇다고 단언할 수 있나?"(마르셀 프루스트, 『잃어버린 시간을 찾아서 9—갇힌 여인』, 김창석 옮김, 국일미디어, 246쪽)

치 날개 달린 천사들처럼 죽은 작가의 몸을 내려다보고 있었다."* 베르고트의 죽음과 그 죽음에 앞서 존재했던 긴병은, 적어도 내 기억 속에서는 프루스트 자신의 죽음과 밀접한 연관이 있다.

내가 떠올릴 수 있는 것들 가운데 아직 다루지 않은 몇 가지에 대해 말하면서 이 기억의 복기復棋를 마치고자 한다. 프루스트의 병은 몇 년 사이에 더 악화되었다. 그의 친구들은 그것이 갖는 중대한 의미에 그다지 주의를 기울이지 않았다. 비록 드물긴 했어도 프루스트를 볼 기회가 그들에겐 종종 있었고, 그럴 때면 여전한 총기와 함께 열기와 열정이 그의 안에 가득 차 있는 것을 목격했기 때문이다. 그의 작품은 한 권 한 권 계속 나오고 있었고, 독자들은 그것에 매료되었다.

시인 레옹폴 파르그의 회상은, 프루스트의 생애 마지막 몇 해를 증언하는 중요한 묘사들 중 하나다. 그의 기억 속 프루스트는 푸르스름한 색조의 정장 차림에 머리는 거의 푸른빛이 도는 검은 빛깔이었고, 은빛과 자줏빛의 보나르 장식을 배경으로 미시아 세르의 저택 응접실에 있었다. 파르그는 자기가 본 프루스트는 전쟁 이전의 신경질적이던 사교계의 젊은이와는 전혀 다른 인물 같았다고 말한다. 그 미소나 태도에 이상하리만치 성숙하게 느껴지는 무언가가 있었다는 것이다. 파르그는 그에게서 어떤 '거리 두기'와 초연함, 확신감 등을 느낄 수 있었다고 증언한다. 프랑수아 모리아크가 『일기』에 소개하고 있는 프루스트의 편지를 통해서도 우리는 그의 마지막 해를 엿볼 수 있다. "당신을 보고 싶습니다. 몇 주 동안 제가 보이지 않았던 것은, 붕대들에서 이제야 나왔기 때문입니다.[67] 나는 죽어 있었습니다." 그리고 그는 자신의 편지에서 '죽음'이라는 단어에 밑줄을 그었다. 그도 그럴 것이 프루스트는 오래전부터 병을 앓아왔던 까닭이다. 그의 병으로부터 비롯된 문학적 과장을 찾기란 쉬운 일이지만, 그것에서 진실을 보는 것은 어려운 일이었다.

의사들은 그의 상태가 매일같이 악화되고 있음을 알고 있었다. 프루스트의 병세가 악화된 데는, 의사들이 권고

✣ "베르고트라는 육신은 묻혔다. 그러나 장례식 날 밤이 깊도록 책방의 환한 진열창에, 그 저서가 세 권씩 늘어 놓여 날개를 펼친 천사처럼 밤샘하고 있는 게, 이제 이승에 없는 이를 위한 부활의 상징인 듯싶었다."(위의 책, 246쪽)

한 모든 처방과 치료제에 대한 믿음을 잃은 채 오로지 자기 작업에 대해서만 견지했던, 끔찍하게 강박적인 그의 위생 관념 탓도 있다. 의사였던 그의 동생이 강제로라도 형을 치료하려 했을 때, 그는 불같이 화를 내면서 쓰러졌다. 이런 상태에서도 철저히 작품에만 집중하자며 자신을 채찍질했던, 열병에 가까운 그 어마어마한 노력이 결국에는 스스로의 죽음을 재촉하고 말 것이라는 걸 프루스트 역시 모르지는 않았을 테다. 그러나 그는 그러겠다고 결심했고, 더는 건강에 신경 쓰지 않았으며, 그리하여 죽음에 초연하게 되었다. 그렇게 무리를 했으니, 작업이 한창인 가운데 죽음이 찾아온 것도 당연한 일이었다. 어느 날 아침에 그는 침대에서 죽은 채로 발견되었다. 머리맡 탁자 위에는 약병이 쓰러져 있고 거기서 흘러나온 액체가 작은 종잇조각 하나를 검게 물들였는데, 전날 밤 쓴 것이 분명한 그 메모에는 특유의 신경질적인 가는 글씨체로 『잃어버린 시간을 찾아서』의 부차적 등장인물일지 모르는 이름 하나가 적혀 있었다. 그 이름은 '포르슈빌'이었다.

작가 연보

1896. 4. 3. 프라하에서 아버지 예쥐 후텐차프스키 백작과 어머니 요제파(툰 호헨슈타인 백작 가문 태생) 사이에 아들 유제프 차프스키 태어남. 오늘날의 벨라루스에 있는 프쉬우키에서 유년 시절을 보냄.

1902 어머니 작고.

1909 ~ 1916 가정교사와 함께 상트페테르부르크로 보내짐. 대학 입학 자격시험에 통과, 법학과에 진학. 피아노 교습을 받음.

1916 ~ 1917 1916년 말 사관 신분으로 페이지 부대(옛 러시아 제국 시절부터 있었던 황실 부대. 주로 귀족 자제들이 입대했다)에 입대. 1917년 10월, 2월 혁명 기간 중 러시아 부대 소속 폴란드 군인들로 구성된 창기병 제1연대에 배치. 몇 달 뒤 평화주의자로서의 신념을 실천하고자 군대를 떠남. 상트페테르부

르크(당시 페트로그라드)로 돌아와 볼셰비키 혁명 시절의 기근과 공포 분위기 속에서 두 누이와 함께 평화와 종교를 실천하는 공동체 운영.

1918 폴란드로 돌아가 바르샤바 미술 대학에 등록. 무기를 들지 않는 조건으로 군 복무를 허락받아 당국에 출석, 실종된 폴란드 장교를 수색하는 임무를 맡고 러시아로 파견됨. 3~4개월의 탐색 끝에 사라진 장교들이 이미 처형당했다는 사실을 알게 됨.

1919 폴란드로 돌아와 일반 사병으로 재입대, 1920년 폴란드-소비에트 러시아 전쟁에 참전함. '비르투티 밀리타리' 십자 훈장 수훈.

1921 크라쿠프 미술대학에 들어가 유제프 판키에비치의 강의 수강.

1923 파리에 유학 온 학생들과 함께 '파리 위원회'를 창설(이 구성원들을 '카피스트Kapistes'라 부름. 카피스트란 '파리 위원회'를 뜻하는 폴란드어의 앞글자를 딴 것임). 이 젊은 화가들은 역사적 사건들에 영감을 받아 그림을 그리는 고전적 화가들에게 반기를 들었고, 비非구상화 화가들에게서도 떨어져 나옴. '화가-화가'가 이들의 행동 지침이 됨. 반 고흐나 야수파와 입체파를 발견하고 세잔에 찬탄하면서 더욱 결집.

페이지 부대 복무 당시 군복 차림의 차프스키(1917년 3월)

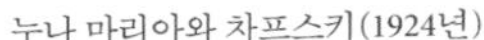

누나 마리아와 차프스키(1924년)

파리에서 마리아와 차프스키(1929년)

1924 6주간 체류 일정으로 파리로 떠남. 간혹 취약한 상황에 놓이지만 처음 계획과 달리 6년 내지 8년 동안 체류하게 됨. 차프스키는 카피스트 화가들 중 유일하게 프랑스어를 구사할 줄 알아 체류에 도움을 줌.

1926 장티푸스에 걸려 런던에서 요양. 이때 프루스트를 읽게 됨. 내셔널갤러리에서 코로의 그림을 보고 감명을 받아 향후 자신의 회화 방향 설정.

1929 파리 생제르맹데프레의 자크갤러리에서 카피스트

들의 전시회를 성공적으로 개최.

1930 스페인 여행. 여행 중 접한 고야의 그림에서 강렬한 인상을 받음.

1931 제네바의 무스갤러리에 이어 바르샤바에서 카피스트들의 전시회 개최.

1932 파리의 마라티에갤러리에서 개인전. 이후 폴란드로 돌아가 회화에 관한 여러 논문을 쓰고 친구들과 함께 발표함.

1935 파리에 체류하며 스승이었던 유제프 판키에비치에 관한 책 집필.

1936 로자노프의 철학을 주제로 한 책 집필.

1939 9월 1일 독일 군대가 폴란드 영토를 침공하자 예비역 장교였던 차프스키는 크라쿠프로 가 그곳의 연대와 합류, 동부로 향함. 9월 27일 소비에트 당국에 포로로 잡혀 당시 소련군이 관리하던 세 곳의 포로수용소 가운데 하나인 스타로벨스크 수용소에 수감됨. 이 수용소를 비롯해 코젤스크, 오스타시코프 수용소에도 폴란드 장교들이 수감되어 있었음.

1940	4~5월, 포로들이 알 수 없는 곳으로 이송됨. 이 과정에서 수천 명의 포로가 스몰렌스크 근방 카틴의 숲으로 끌려가 처형됨. 차프스키는 1940년 5월 12일, 마지막 대열로 스타로벨스크를 떠남. 파블리체프보르 수용소로 옮겨 갔다가 다시 그랴조베츠 수용소로 이감됨. 소비에트 포로수용소에서 근 18개월을 보냄. 이 기간에 일기를 쓰고 화폭 위에 전쟁 전의 기억을 그리기도 했으나 전쟁 동안 대부분 훼손됨.
1941	독일의 소련 침공 이후 소련 정부와 폴란드 정부 간 상호 협정 조약 체결. 8월에 수용소에서 풀려나 자유의 몸이 된 차프스키는 토츠크에 있는 폴란드 부대에 재입대함. 이후 안데르스 장군의 명에 따라 소비에트 수용소에서 사라진 폴란드 장교들을 수색하는 임무 수행. 수색 도중 카틴 학살의 흔적과 마주함.
1942 ~ 1943	정보와 선전 업무를 맡은 폴란드 부대 제2사단과 함께 투르키스탄, 이란, 이라크, 팔레스타인, 이집트 등지를 횡단. 당시 차프스키의 역할은 부대의 문화 활동을 기획하는 것이었음.
1944	이탈리아 전선에 투입됨.

포로수용소에서 그린 자화상(1940~1941년)

바그다드에서 차프스키(1943년)

1945 로마에서 『스타로벨스크의 추억들Wspomnienia Starobielskie』 출판. 이 책을 통해 포로수용소 수감 생활과, 사라진 수용소 동료들을 되찾기 위해 소비에트 당국에 끝없이 탄원한 일 등을 증언함.

파리에 정착. 월간지 『쿨투라』의 창간부터 기획 및 편집에 참여. 『피가로리테레르』 『프뢰브』 『가브로슈』 『노바에베테라』 『카르푸르』 및 런던의 『비아도모시치』 등의 언론에 글을 기고. 공산주의자들의 공격을 받음.

몇 년간 작업에 단절이 있었고 전쟁 중 폴란드에서 그린 그림들도 소실되었으나, 서서히 화가로서의

차프스키(1959년, 사진 E. Cielecka)

활동을 재개함. 카피스트들의 채색화 개념에서 멀어지고 인상주의 화풍에 가까워짐.

1947 누나 마리아와 함께 파리 근처에 있는 메종라피트에 정착. 처음에는 코르네유가에, 이어 잡지 『쿨투라』의 본부가 있는 푸아시가에 거주.

1950 전쟁 동안 뿌리 없이 흩어져 살게 된 폴란드의 젊은이들이 새로운 생활을 시작할 수 있도록 유럽에 대학을 세우기로 하고 재원 마련을 위해 미국 순회강연을 기획, 미국에 사는 폴란드인들을 만나러

파리에서 다니엘 알레비와 함께(1961년)

감. 처음에는 유망한 계획이었으나 학위 인정 문제로 결국 중단됨.
1950년부터 파리, 제네바, 셰브레, 브뤼셀, 아미앵, 리우데자네이루, 뉴욕, 토론토, 런던 등지에서 전시회 개최.

1981 누나 마리아 작고. 『소란과 환영들Tumult i widma』 폴란드어로 출판.

1985 파리 비엔날레에 10여 작품 출품. 파리 팔라탱에서 차프스키의 90세 생일을 축하하는 모임이 열림.

1986 바르샤바의 대주교관 박물관에서 전시회 개최.

1990 스위스 즈니슈드브베 박물관에서 큰 규모의 회고전 열림.

1992 바르샤바, 크라쿠프, 포즈난 국립박물관에서 전시회 개최.

1993 1월 12일 메종라피트에서 작고. 메닐르루아 묘지에 묻힘.

메종라피트에서 마리아와 유제프 차프스키(1961년)

파리에서 아담 미흐니크와 함께(1976년)

파리에서 노벨문학상 수상 작가인 체스와프 미워시Czesław Miłosz와 함께(1979년)

메종라피트에서(1988년)

옮긴이 미주

1) 원서 편집자의 서문이다.

2) 『Kultura』. '문화'라는 뜻의 이름을 가진 이 잡지는 제2차 세계대전 이후 프랑스에 이주한 폴란드 이민자들에게 많은 영향을 끼친 폴란드 문학잡지로, 파리에서 1948년부터 2000년까지 발행되었다(창간호는 1947년 로마에서 발행되었으나 이후에는 프랑스에서 발간되었다). 프랑스어가 아닌 폴란드어 잡지다. 유제프 차프스키를 비롯해 당시 프랑스에 이주해 와 있던 폴란드 지식인들의 글을 주로 실었다. 폴란드에 거주하는 많은 작가들이 당국의 검열을 피해 익명으로 글을 발표하는 해방구 역할을 하기도 했다.

3) 1939년 8월 23일 독일과 소련이 불가침조약을 맺고 불과 일주일 뒤에 독일이 폴란드를 침공하고, 이어서 소련까지 폴란드를 침공하면서 폴란드는 두 국가에 의해 분할 점령된다. 이때 소련군은 폴란드 장교 및 지식인을 대거 수용소에 가두는데, 이후 포로 관리 업무를 일종의 정치경찰인 NKVD(내무인민위원회)로 넘긴다. 당시는 볼셰비키 혁명 동지들까지도 스탈린에 반대한다고 의심되면 즉각 숙청되던 시기였으므로, 폴란드 장교 및 사병

포로들의 목숨이 위태로운 것은 당연했다. NKVD는 포로들의 성향을 철저히 파악하여 소련 체제를 위협할 가능성이 있는 자들은 모두 제거하자고 스탈린에게 제안했고, 스탈린도 이를 수용함으로써 일명 '카틴 대학살' 또는 '카틴 숲 대학살'이 결정되었다. 1940년 봄, 카틴 숲에서만 장군, 제독, 육군 대령, 해군 대령 등 군 고위 장성과 장교 및 사병 수천 명이 학살되었고, 200명이 넘는 조종사를 포함하여 대학교수, 변호사, 교사, 기술자 등 수백 명이 살해되었다. 카틴 외에도 하리코프, 칼리닌 부근 수용소의 포로까지 합치면 당시 목숨을 잃은 폴란드인은 총 2만여 명에 이르는 것으로 알려져 있다.

4) 원어는 'école buissonnière'다. 직역하면 '덤불숲 학교'쯤 되겠으나 '교외수업'이라는 관용어로 옮겼다. 학교 건물이 아닌 교외나 숲, 막사 등에서 하는 수업, 더 나아가 '숨어서 몰래 하는 수업'이라는 의미다. 이 말의 유래는 마르틴 루터 시대로 거슬러 올라간다. 1550년대 종교개혁운동 당시 루터파 사제들은 민중에게 그들의 새로운 교리를 가르치기가 여의치 않았다. 그래서 그들은 전원이나 숲으로 숨어들어 비밀리에 교리 수업을 했다.

5) Claude Farrère(1876~1957): 프랑스 해군 장교 출신 작가. 바다와여행에서의 경험을 바탕으로 여러 소설을 썼고, 『문명화된 자들』로 1905년 공쿠르상을 받았다.

6) Pierre Loti(1850~1923): 프랑스 해군 장교 출신 작가. 타히티섬, 세네갈, 일본 등을 여행한 경험을 바탕으로 다소 이국적인 분위기의 소설을 썼다.

7) 라파예트 부인이 쓴 17세기 소설. 전반부는 당시 유행하던 역사 갤러리풍의 실제 역사 인물들에 대한 환기로 시작하지만, 가공 인물인 주인공들이 등장하면서 매우 정교한 내면 묘사가 돋보이

는 작품이다. 비교적 짧은 분량의 소설이다.

8) Raymond Radiguet(1903~1923): 『육체의 악마』나 『오르겔 백작의 무도회』 등으로 대중과 평단 양쪽에서 좋은 평가를 받으며 주목받았으나 스무 살의 젊은 나이에 장티푸스로 사망했다. 장 콕토를 만나 문학에 입문했고 그로부터 많은 영향을 받았다.

9) Léon Bloy(1846~1917): 프랑스의 에세이스트이자 소설가. 안마리 룰레라는 여성과의 열정적이고도 신비한 사랑의 경험을 토대로 쓴 『절망에 빠진 자』와 『가련한 여인』으로 유명하다. 관능적이면서도 종교적인 신비체험의 분위기가 농후한 그의 소설들은 당시 격렬한 논쟁에 휩싸이기도 했다.

10) 'Nouvelle Revue Française'의 약어. '신프랑스평론' '프랑스신비평' 정도로 옮길 수 있다. 1908년 앙드레 지드 같은 젊은 작가를 비롯해 문학에 열정적인 뜻을 가진 몇몇 젊은이들이 모여 만든 잡지다. 여기서는 갈리마르 출판사의 전신인 동명의 출판사를 이른다. 『NRF』의 창간호는 편집진과 평론가들의 의견 차이로 발행이 미뤄지다 가스통 갈리마르가 위원으로 참여하면서 1909년 2월에 공식적으로 첫 호가 나왔다. 이후 앙드레 지드를 편집장으로 하여 갈리마르 출판사가 주도한 문학 운동의 중심에 자리하게 된다. 자크 리비에르, 장 폴랑 같은 작가도 『NRF』의 편집장을 맡아 프랑스 문학계에서 중요한 역할을 했다. 2008년부터 NRF는 갈리마르 출판사의 자회사처럼 운영되고 있다.

11) 『잃어버린 시간을 찾아서』의 두 번째 권인 「꽃핀 소녀들의 그늘에서」로 수상했다. 갈리마르 출판사가 그라세 출판사에서 판권을 가져와 첫 번째 권인 「스완네 집 쪽으로」를 재간행하는 동시에 이 두 번째 권을 냈다. 알퐁스 도데의 장남이자 프루스트와는

막역한 관계였던 레옹 도데의 적극적인 지지가 수상에 어느 정도 기여를 한 것으로 알려져 있다.

12) 『잃어버린 시간을 찾아서』의 분권分卷 체계는 시대 및 판본에 따라 조금씩 차이가 있다. 사실 프루스트에게 이런 분권은 큰 의미가 없었는데, 베르그송의 철학에 깊은 영감을 받은 프루스트는 생의 연속성이 그러하듯 자신의 소설도 그 연속성을 따라 각 장 및 부의 구분도 없고 심지어 행갈이도 없는 "단 한 권의 책"이기를 원했다. 그러나 현실적으로 실현 불가능한 계획이었다. 한국어 번역본들만 해도 분권 체계가 각기 다르다.

13) 프루스트의 아버지와 어머니가 작고한 해이기도 하다. 아버지는 1903년 11월에 사망했고, 어머니는 1905년 9월에 사망했다. 특히 어머니의 죽음은 프루스트에게 크나큰 영향을 미쳐 『잃어버린 시간을 찾아서』 집필의 중요한 동기가 되었다. 그 첫 문장은 1907년에 쓰였고, 그 후로 15년 동안 프루스트는 칩거하다시피 하며 집필에 몰두했다.

14) 에밀 졸라의 자연주의는 사실주의의 마지막 단계에서 나타나는데, 한 인간의 본질을 역사 및 사회적 환경요소에서 파악하기도 하지만 특히 유전형질과 생리 및 기질 면에서 면밀히 들여다보려는 시도다. 졸라를 그린 당시 신문 풍자화를 보면 그는 늘 현미경과 핀셋을 들고 다닌다. 유제프 차프스키가 이 책 뒷부분에서 졸라의 자연주의와 프루스트의 세계관을 비교하므로 이를 참조할 수 있다. 졸라는 당시 유전학 및 생리학 관련 책들을 탐독했는데, 의사인 클로드 베르나르에게서 영향을 많이 받았다. 졸라 작품의 주인공들은 자신의 기질과 형질 때문에 부단히 고통받아 변화하려고 노력하지만, 기질적 운명을 벗어나지는 못한다. 생리학 용어인 '호메오스타시스(생명체가 환경 변화에 대

응해 자기 자신을 변화시켜 평형상태를 유지하려는 항상성)' 개념에서 졸라는 특히 영감을 받았다. 그런데 이렇게 승승장구하며 당시 유럽 문학계에 많은 영향을 미치던 자연주의문학은 차츰 진영 내에서도 반성의 움직임이 일면서 새로운 돌파구를 찾아야 하는 상황에 놓였다. 졸라도 예외는 아니었다. 졸라의 루공마카르 총서(전 20권)가 거의 완성될 무렵, 정확하게는 15권인 『대지』가 출판되던 1887년부터 졸라를 겨냥한 졸라 제자들의 공개서한이 몇몇 지면에 발표되기 시작했다. 이들은 졸라의 공은 인정하지만 유전형질이나 생리적 요소보다 인간의 정신적인 면을 더 연구해야 한다면서 졸라에게 정신과 의사인 장마르탱 샤르코의 저작을 읽어볼 것을 권유하기도 했다. 또한 자연주의문학이 예술 본연의 진지함을 잃어버리고 통속화하는 경향을 비판하며 새로운 문학의 길을 찾아야 한다고 주장했다. 1889년 자연주의 작가의 마지막 세대라 할 폴 부르제의 소설 『제자』가 대성공을 거두면서 자연주의문학은 마감되었고, 졸라 또한 새로운 흐름을 받아들였다.

15) John Ruskin(1819~1900): 영국의 미술 비평가이자 사회학자. 예술 분야와 인간의 다른 구체적 활동 분야가 서로 독립되어 있음을 강조하는 여러 저작을 발표했다.

16) 미술 사학자 야코프 부르크하르트에 따르면, '이탈리아 프리미티비즘'은 11~12세기 르네상스 예술의 전조라 할 회화의 한 경향이다. 여전히 성화의 소재를 다루기는 하지만 인물들이 훨씬 인간적으로 표현되어 있고, 지상의 땅이 전경에 등장하며, 집과 건축물 등이 훨씬 복잡한 구조로 표현되어 있다. 치마부에, 두치오, 조토 등의 그림에서 이런 표현법을 볼 수 있다. 존 러스킨은 1874년 피렌체를 여행하고 돌아와 이렇게 쓰기도 했다. "조토는

분명 동정녀 마리아, 성 요셉 그리고 예수를 그렸다. 아니, 그가 그린 것은 아빠, 엄마 그리고 아이이다."

17) Leon Bakst(1866~1924): 디아길레프 발레단의 공연 무대 장식으로 유명한 러시아의 예술가이자 장식미술가. 특히 「셰에라자드」의 무대 장식이 유명하다.

18) 동시대인이지만 앵그르와 들라크루아의 그림은 정반대의 화법을 갖는다. 앵그르가 붓질 자국이 하나도 남지 않는 완전무결한 표면의 그림이라면, 들라크루아는 붓질의 흔적을 일부러 살렸다. 들라크루아가 앵그르의 전시회에 갔다가 숨이 막혀 얼른 나오려 했다는 일화는 유명하다.

19) 폴 고갱은 문명 세계를 혐오해 남태평양의 섬으로 떠나 자연을 묘사했다. 그러나 인상주의풍의 자연 묘사와는 결이 다른 더 강렬한 색채의 사용과 화폭의 구성을 통해 자기 안의 내면성을 상징적으로 표현함으로써, 도리어 비자연주의적 경향을 보였다.

20) 제1차 세계대전(1914~1918)을 의미한다.

21) 미래주의는 20세기 초 이탈리아에서 일어난 전위적 예술운동으로, 1909년 시인 필리포 토마소 마리네티가 프랑스의 신문 『피가로』지에 「미래주의 선언」을 발표하면서 시작되었다. 전통과 아카데미에 반기를 들고, 과거의 무덤처럼 되어버린 미술관이나 도서관을 파괴할 것을 주장했다.

22) Snobbism. 고상한 체하는 속물근성 또는 출신이나 학식을 공개적으로 자랑하는 지적 허영을 가리킨다.

23) 원문에는 '르노르망Henri René Lenormand'으로 되어 있으나 저자 목록에 없는 것으로 보아 착오인 듯하다.

24) 'page'는 여성형 명사로는 책의 낱장을 가리키며, 남성형 명사로는 왕이나 영주의 최측근인 시동을 뜻한다. 프루스트가 글을

쓰는 작가인 점을 고려하면 묘하게 두 의미가 겹친다.

25) Faubourg Saint-Germain. 파리의 유서 깊은 지역으로, 오랫동안 프랑스 귀족 사회의 사랑을 받은 곳이다. 현재는 파리 7구에 속해 있다.

26) 원서에는 프루스트의 원문이 각주로 실려 있다. 본문에서 유제프 차프스키가 인용해 구술한 문장은 "Quand on aime quelqu'un on n'aime personne"이고 프루스트가 쓴 문장은 "on n'aime plus personne dès qu'on aime"로, 표현에 미세한 차이만 있을 뿐 의미는 거의 같다.

27) 정확히는 1905년 9월 26일에 사망했다. 어머니의 본명은 잔 클레망스 베유로, 독일 및 프랑스 알자스 지방에 주로 살던 유대인 가문 출신이다. 그녀는 의사인 아드리앵 프루스트를 만나 결혼하여 두 아들, 마르셀 그리고 그와 두 살 터울인 로베르를 낳았다.

28) Vassili Rozanov(1856~1919): 러시아의 사상가. 철학적이고 종교적이며 예술적인 에세이를 다수 집필했다. 그의 저작들은 러시아혁명 이전의 러시아 지식인들을 매료시켰다.

29) Joseph Conrad(1857~1924): 폴란드 출신의 영국 작가로 본명은 유제프 테오도르 콘라트 코제니오프스키. 유형지에서 풀려난 후 사망한 아버지 대신 삼촌의 손에 양육되었고, 1874년 마르세유에서 선원이 된다. 세계 각지를 항해하다 1878년 영국에 정착, 1886년 영국에 귀화한 뒤 1894년부터 본격적인 문필 생활을 시작했다.

30) Jean-Baptiste-Camille Corot(1796~1875): 19세기 중반 바르비종파를 대표하던 화가. 포목상인 아버지와 모자 상인 어머니를 둔 그는직물 가게에서 수습사원으로 일하다 스물여섯 살의 나이에

미술계에 입문했다.

31) 차프스키는 1926년 장티푸스에 걸려 런던에서 잠시 요양하는데, 이때 내셔널갤러리에서 본 코로의 그림에 깊은 감명을 받았다. 이후 자기 그림의 방향을 정하게 된다.

32) 프루스트는 제1차 세계대전 발발 전인 1889~1890년 사이에 잠시나마 군복무를 한 경험이 있다. 오를레앙 제17보병대 소속이었고, 그는 이때의 기억을 나름 행복한 추억으로 간직하고 있다고 쓴 바 있다.

33) '원하다'라는 뜻의 동사 'vouloir'의 과거분사 수동형인 "voulu"로 표현되어 있는데, 프루스트가 말하는 의지적 기억과 무의지적 기억에 관련되어 있는 것으로 보인다. '의지적'이라는 말은 보통 'volontaire'로 쓰는데, 차프스키는 여기서 딱 한 번 "voulu"로 쓰고 있다. 다소 낯설긴 하지만 '원해진'이라는 피동형에 특별한 의미가 있어 보이므로 살려 옮겼다.

34) 폴란드계 유대인인 아버지와 아일랜드계 유대인인 어머니 사이에서 태어난 앙리 베르그송은 1892년에 유대인 여성 루이즈 뇌베르제와 결혼했는데, 루이즈는 마르셀 프루스트의 어머니와 사촌 관계였다. 마르셀 프루스트는 어릴 적 두 사람의 결혼식에 섰던 화동花童 중 하나였다.

35) 18세기 프랑스의 계몽주의자들은 특히나 백과전서 덕분에 전 국민을 자신들의 지지자로 만들 수 있었다. 이는 디드로, 몽테스키외, 달랑베르, 볼테르, 루소 등 기라성 같은 1급 인사들을 포섭한 출판 기획에서 출발했는데, 중세기부터 계승해 온 세계상을 뉴턴의 세계상으로 바꾸려는 야심 찬 기획이었다. 그들은 우주는 신이 인간을 시험하기 위해 창조한 것이 아니고, 권위는 진리의 기초가 아니며, 국민이 행복해지려면 이성에 기반을 둔 새로

운 법을 제정해야 한다고 보았다. 1751년부터 1772년까지 도판 포함 총 28권을 출간했고, 총 7만 1,818개 항목의 내용이 실렸다. 문학과 철학 등의 분야보다 과학과 기술, 실용 과학 및 직업과 관련한 여러 잡학 등의 비중이 훨씬 크다. 이성의 힘이 얼마나 중요한가에 대한 신념은 언어에 대해서도 예외가 아니었다. "불분명한 것은 프랑스어가 아니다Ce qui n'est pas clair n'est pas français." 『프랑스어의 보편성에 대하여』라는 책을 쓴 18세기 작가 앙투안 리바롤의 이 말은 지금도 정설처럼 받아들여지고 있다.

36) Tadeusz Boy-Żeleński(1874~1941): 폴란드의 시인이며 풍자 작가다. 프랑스 문학의 번역에 각별한 열정을 보였다. 프랑수아 비용 등의 중세 시인부터 몽테스키외, 데카르트, 블레즈 파스칼, 몰리에르 등을 비롯해 라로슈푸코 공작, 라파예트 부인, 스탕달, 베를렌 그리고 마르셀 프루스트에 이르기까지 평생 동안 전집을 포함하여 100여 권이 넘는 책을 번역할 만큼 초인적인 작업량을 자랑했던 기인이다. '보이의 도서관'이라는 프랑스 문학 총서로도 유명하다. 보이젤렌스키는 자연스럽고 친숙하며 쉬운 문장을 선호했으며, 천재적일 만큼 풍부한 어휘의 소유자로서 프랑스어 특유의 표현을 폴란드어다운 표현으로 고치는 데도 능수능란했다. 반면 이런 자유로운 번역 때문에 오역의 문제가 제기되기도 했다.

37) 프루스트 문장의 난해함과 그 이례적이고 독보적인 형식 때문에 초기 출판 과정에서 여러 우여곡절이 있었다. 제1권 「스완네 집 쪽으로」의 1부에 해당하는 '콩브레'가 1912년에서 1913년에 걸쳐 『피가로』에 처음으로 발표되었다. 이후 프루스트는 단행본으로 첫 권을 출간하려 하지만 갈리마르 출판사를 비롯한 여러 출판사들로부터 모두 거절당하자 거의 자비 출판에 가까운

형태로 1913년 그라세 출판사에서 1권을 출간한다. 그런데 전쟁이 일어나고 두 번째 권을 낼 상황이 여의치 않게 되면서 프루스트는 이미 발표한 1권을 포함해 기존의 원고를 밤낮으로 수정하는 데 열중한다. 1914년부터 갈리마르 출판사는 그라세 출판사로부터 출판권을 가져오려 애썼지만 잘되지 않는다. 당시 갈리마르 출판사의 기획 위원이었던 앙드레 지드는 프루스트의 소설이 스노비즘으로 가득 찼다고 악평하며 출판을 반대한다. 그런데 뤼시앵 도데나 장 콕토 같은 당대의 유명 작가들이 입에 침이 마르도록 프루스트 소설을 칭찬하자 지드는 자신의 실수를 깨닫고, 다시 갈리마르 NRF에서 출판해 보자고 프루스트에게 간청한다. 1917년에 마침내 모든 출판권 문제를 해결하고, 제2권을 비롯해 제1권의 개정판이 1919년 갈리마르 출판사에서 처음 나오게 된다.

38) Louis de Saint-Simon(1675~1755): 17세기 프랑스의 귀족으로, 루이 14세 시대의 궁정 역사를 자세하고 신랄하게 기록한 『회상록』의 저자다. 루이 14세 시대 베르사유궁전에서 일어난 수많은 야사를 우리가 알고 있다면 단연 이 저자 덕이다. 1691년 베르사유궁전에서 루이 14세를 처음 알현한 후 1723년까지 궁에 거주하며 끝내 권력의 중심부에 들어가지 못하자, 낙오한 귀족의 날카로운 시선으로 궁정을 철저히 관찰하고 권력의 본질을 통찰했다. 회상록 집필은 57년간 계속되었고, 분량은 56줄짜리 2절판 공책으로 173권에 이른다. 프루스트가 가장 존경하고 모방하고자 했던 작가 중 한 사람이다.

39) '센자 비고레Senza vigore'는 '기력이 없는'이라는 뜻이다.

40) 소설 속 이 부분의 서술을 보면, 할머니는 사진 기술의 복제 방식에서 저속성을 느끼고 그것을 다소나마 줄이기 위한 방편으

로 실제 대성당이나 분수, 화산 등을 찍은 사진보다 화가가 그림으로 모사한 것을 선호하는가 하면, 코로나 터너 같은 위대한 화가들이 그린 그림보다 그것을 찍은 사진을 선호한다. 언뜻 보면 모순되는 서술이다. 또한, 오늘날에 더 이상 볼 수 없는 걸작 그림이 있다면 원작보다 그것을 재현한 판화를 할머니는 더 선호한다. 가령 다빈치의 「최후의 만찬」이 훼손되기 전에 제작된 것으로 알려진 모르겐의 판화를 다빈치의 원작보다 더 선호하는 식이다. 여기서 "예술적 여과 장치Quelque filtre artistique"라는 수사를 주목해야 하는 이유는, 화자의 할머니가 가진 미적 취향을 프루스트가 별도의 구체적인 해설 없이 여러 예시를 통해 묘사하면서 자신의 예술론이라 할 만한 것을 결정적으로 암시하고 있기 때문이다. 할머니는 사진을 싫어하지만 그림에도 사진을 선택해야 한다면, 자신의 미적 상상력을 더해 그것을 감상한다. 이것이 이른바 "여러 '두께'의 예술을 입히는plusieurs 'epaisseurs' d'art" 방식이다. 사실상 예술품 각각에 서열은 존재하지 않고(이런 표현이 작품 곳곳에 나온다), 그것을 바라보는 주관자의 예술적 상상 능력, 다시 말해 예술적이고 과학적인 연상과 조합 능력, 아울러 여러 다른 대상들에서 자신의 예술적 감각을 자극하는 공통적 속성을 추출할 수 있는 능력이 중요하다는 것이다. 차프스키가 프루스트의 재능이 자연주의자의 '현미경 관찰' 방식과는 차원이 다른 것임을 설명하는 이유도 그래서다. '현미경'과 대비되는 '필터', 즉 "여과 장치"라는 말에 주목해야 하는 이유다.

41) 차프스키의 기억에는 약간의 혼동이 있다. 그도 그럴 것이 앞의 주석에서 설명한 것처럼 프루스트가 묘사하는 할머니의 미적 감각은 주의해서 읽지 않으면 놓치기 쉬운 매우 복잡하고 미

묘한 것이기 때문이다. 프루스트의 서술에 따르면, 할머니는 샤르트르대성당이나 생클루 분수, 베수비오산을 찍은 사진 대신 혹시 어떤 위대한 화가가 그린 그림은 없는지 알아본 다음, 코로가 그린 「샤르트르 대성당」이나 위베르 로베르가 그린 「생클루 분수」, 터너가 그린 「베수비오 화산」을 찍은 사진을 어린 화자에게 주곤 했다. 차라리 그러는 편이 더 높은 예술성을 담보하는 것이라고 생각했기 때문이다. 따라서 "단순히 그림을 사진으로 찍은 것은 아니다"라는 표현에는 오류가 있다. 그러나 프루스트가 바로 이어서, 할머니는 사진의 기술의 복제 방식이 갖는 통속성을 피해볼 요량으로 혹시 그런 회화 작품을 판화로 모사한 것은 없는지 찾기도 했다고 말하고 있는 점을 고려하면, 차프스키의 기억 속에는 판화로 재현한 것이 더 부각되어 있었을 수 있다.

42) '질투'가 그토록 많은 페이지에 걸쳐 중요하게 다뤄지는 이유는 그것이 사랑의 기호이기 때문이다. 질 들뢰즈는 『프루스트와 기호들』에서 들뢰즈 고유의 '선線' 개념에서 출발해 질투의 선은 사랑의 선보다 더 멀리 나아간다고도 말한다. 사랑의 이면이면서 사랑보다 더 강력한 힘을 발휘하는 질투에 의해 사랑은 부패되고 파괴되어간다. 프루스트가 쓴 스완과 오데트의 사랑 장면을 읽다 보면 현대 정신분석학의 탐색 영역인 신경증과 도착증의 구조를 그가 이미 깊은 수준으로 통찰하고 있다는 생각이 든다.

43) 프루스트 사후에 출간된 이 권의 제목은 원서의 편집자가 각주에서 밝혔듯이 「갇힌 여인」이다. 이 책의 원문에는 「알베르틴」으로 표기되어 있으나, 여기서는 혼동을 피하기 위해 모두 「갇힌 여인」으로 바꾸어 옮긴다.

44) 『잃어버린 시간을 찾아서』 1권 1부 '콩브레'의 서두에 등장하는 어머니와의 저녁 키스 장면은 수많은 평론가들이 높이 평가하는 유명한 장면 가운데 하나로, 특히 정신분석학자들이 주로 언급하는 성도착적 구조의 일면을 엿볼 수 있는 부분이다. 어린아이에게 어머니는 일종의 '대大타자'로, 자신의 모든 필요와 욕구를 해결해 주는 신과 같은 완결된 존재다. 그런데 어느 날 이 어머니가 불완전한 존재라는 것을 알게 된다면? 어머니가 아버지의 세계에 종속된 자 또는 그 세계의 거세된 자로 나타난다면? 어린 마르셀은 "아버지에게 혼날 것을 예상하면서도 아버지에 대한 두려움을 극복하고 싶은 마음"이 들었던 순간만은 어머니를 자기 침실로 올라오도록 유인하려는 의지를 보이고, 안달을 한다. 바로 이 단계가 라캉의 욕망 이론에서 대상이 실재(진리)라 믿고 그것에 다가서는 과정(상상계)이라면, 이는 곧 대상과의 완전한 합일 가능성에 대한 믿음으로 인해 원초적으로는 행복한 단계일 수도 있다. 마침내 어머니가 2층으로 올라오자, 평소와 달리 아버지는 관대한 태도로 어머니에게 마르셀의 침실에서 함께 잘 것을 권한다. 그런데 어린아이가 보기에는, 어머니가 이를 따를 경우 이제까지 그녀가 보인 원칙과 권위는 손상되고 말 것이다(어머니는 '거세된 자'가 된다). 가장 열망했던 것이 달성되는 순간, 이 엄청난 성공의 순간을 취소하고 싶은 마음이 동시에 일어나는 복잡한 심리 구조를 어떻게 설명할 수 있을까. 이는 결코 쉽게 해석되지 않는 인간 정신의 가장 난해하고도 비참한 운명 단계로, 대상을 얻는 순간 대상을 잃게 되는 쾌락과 고통의 착시적 공시성 단계, 또는 비극적 전조가 되는 상징계 단계일 수 있다. 한편, 인간 욕망의 구조는 '신경증' 구조와 '도착증' 구조를 함께 갖는다. '신경증'이 언제나 더 많이, 더 멀리 욕

망하는 탓에 결코 그것이 해소되지 않는 구조라면, '도착증'은 어머니의 불완전성을, 또는 '거세성'을 부인하며 자신과 어머니 관계의 완결성을 고집스럽게 주장하는 구조일 테다. 어머니가 자기 방에서 잔 그날 밤 어린 마르셀은 몹시 운다. 행복했어야 하는데 그렇지 못한 이유가 도저히 설명되지 않는 것이다. 화자는 다만 이렇게 말하고 있을 뿐이다. "내 슬픔은 더 이상 벌을 받아야 하는 죄가 아니라, 내 의지로도 어쩔 수 없는 병으로 공인되었고, 내 책임이 아닌 신경 증상으로 간주되었다." 이어서 프루스트는 이렇게 덧붙인다. "그날 밤은 나에게 새로운 시대가 시작된 날로, 슬픈 날로 남을 것이다. 지금이라도 용기를 내어 말할 수만 있다면 난 엄마에게 이렇게 말했을 것이다. '아뇨, 괜찮아요. 여기서 주무시지 마세요.'"

45) Charles Haas(1833~1902): "그는 당시 사교계에서 마치 사치품처럼 무위도식하는 무용한 자들의 범주에 속했다. 당시 그의 주요 장기는 '조키' 클럽이나 트레무아유 공작 부인의 집에 저녁 식사를 하러 가기 전에 험담을 하는 것이었다. 만일 이런 '일거리 없음'이 그가 견지한 하나의 원칙이 아니었다면, 그의 지성이 모든 야망을 증명해줄 수도 있었을 것이다."(빅토르 보니파스 드카스텔란)

46) 음악에서 형식, 선율, 리듬을 구성하는 가장 작은 단위를 뜻하지만, 프루스트가 서술한 바에 따르면 스완이 음악적 황홀경을 느끼는 것은 '모티프motif'라기보다 '악절Phrase' 때문이다. 마침표를 찍어야 완성이 되는 '문장phrase'을 떠올려볼 수도 있겠으나 여기서는 마침표와 마침표 사이, 즉 하나의 '국면phase'에서 다른 국면으로 넘어가는 일종의 불연속적인 '빈칸'을 떠올려볼 필요가 있다. 프루스트는 스완이 느꼈던 이 감미로운 감각이 특별

한 기쁨에 의해서만 지각될 뿐 묘사할 수도, 기억할 수도, 명명할 수도 없는, "말로 표현할 수 없는 것"이라고 말한다. 악절은 음향의 파도 위로 잠시 솟아오른 것처럼 인식되기도 하고 순수 음악이 아닌 데생이나 건축, 혹은 사상과도 흡사한 인상으로 남는다. 특히 스완은, 영역은 좁지만 결코 환원될 수 없는 이 구간을 "시네 마테리아sine materia(무실체)"라는 말로 표현한다.

47) 「소돔과 고모라」 한 부部의 제목이기도 하다.

48) Ary Scheffer(1795~1858): 네덜란드 출신의 프랑스 화가이자 판화가. '아카데믹한' 낭만주의 문학에서 영감을 받은 수많은 역사화를 남겼다.

49) Misia Godebska-Sert(1872~1950): 프루스트와 콕토에게 영감을 준 파리계의 유명 인사이자, 폴란드 출신의 피아니스트. 1920년대 유제프 차프스키를 비롯한 폴란드 출신의 파리 화가들이 파리에서 전시회를 여는 데 도움을 주었다.

50) 원문은 "Affinités contraires"다. 프루스트의 계급 묘사는 예상 가능한 통상성을 벗어나 예리하고 신랄하며 기발한 착상으로 풍자화적인 면모를 보이는데, '역대칭 유사성'이라는 단어로 옮겨볼 수 있을 이 단어 역시 모순어법적 조어라 흥미롭다. 귀족과 하층민이 단순히 계급으로 인해 서로 대립한다는 개념을 뛰어넘어, 마치 어떤 물체가 거울에 비치면 그 물체와 반영이 서로 '대응contraire' 관계에 있지만 실은 반영이 자기 모습인 것처럼, 한 귀족이 보는 거울 속에 하층민 같은 모습의 사람이 있을 수 있고 그 역도 성립할 수 있음을 뜻한다. 작중에서 게르망트 공작은 귀족이지만 하층민 같은 속물적인 몸동작을 보인다.

51) 이 프루스트 강연은 제2차 세계대전 중에 이뤄졌고 그 구술을 기록한 것이라 원문에는 "세계대전"이라고만 되어 있을 뿐 '제

1차 세계대전'으로 따로 밝히고 있지 않다. 한편, 1차 세계대전이 일어난 해인 1914년이 자주 언급되는 이유는 프루스트의 『잃어버린 시간을 찾아서』의 첫 출간 연도가 전쟁이 발발하기 바로 전해인 1913년이기 때문이다.

52) "여기서"는 특히 『잃어버린 시간을 찾아서』의 「소돔과 고모라」 편을 의미한다. 사실 문학작품에서 동성애라는 주제는 19세기까지는, 더 나아가 제1차 세계대전 이전까지는 잘 다뤄지지 않았다. 그러나 당대 몇몇 유명 인사들, 특히 오스카 와일드가 동성애 혐의로 1895년 법정에서 유죄판결을 받으면서 이에 관한 논쟁들이 불거진다. 앙드레 지드도 자신의 소설에서 자기가 동성애자임을 우회적인 방식으로 밝히기도 했다. 동성애자였던 프루스트 역시 "여인은 고모라를 가지고 남자는 소돔을 가지리니"라는 알프레드 드비니의 시구를 인용하며 동성애의 본질을 탐사한다. 우선, 남성 동성애자든 여성 동성애자든 성서의 소돔과 고모라처럼 죄책감에 고통스러워한다. 그러나 프루스트는 동성애를 도덕적 범주 안에서 단죄하거나 또는 성도착증으로 보는 편견을 극복하여, 인간의 여러 몸짓이나 웃음, 표정 등의 몸의 언어로써 분석한다. 또한 여러 사랑의 기호들을 꽃이나 식물의 생식 원리에 비유하며 인간의 성을 탐색한다. 성에서 유일한 진실이란 성의 분열이며 분열된 성이 어떻게든 생식하여 살아가는 방식일 것이다. 프루스트에게 동성애자란 한 개체 안에 두 성이 있거나, 자웅동체 혹은 자가생식을 하는 생물들과 같다. 꽃의 향기에 취해 정원으로 날아든 벌 한 마리처럼 묘사되는 샤를뤼스 남작과 그 앞에서 부동자세를 취하는 난화蘭花처럼 묘사되는 조끼 재단사 쥐피앵의 사랑을 그린 장면을 읽으며 우리는 벌은 남성이고 꽃은 여성일 거라는 일반적 도식으로 두 남자의

동성애를 이해할 위험이 있다. 하지만 프루스트는 다른 문단에서 샤를뤼스 남작을 벌이 아닌 꽃으로, 가령 "결코 닿을 수 없는 이웃집 꽃의 꽃가루에 의해 수정되는 정원의 꽃"으로 비유하기도 한다. 동성애를 통해 묘사되는 사랑이란 완성된 하나의 합을 만드는 차원이 아니라, 끊임없이 분열하고 이동하며 전이되는 계통 발생적 차원의 것이다. 동성애는 번식은 하지 않으나 사랑의 기호들은 충만한, 그러나 동시에 공허한 그 어떤 것이 된다.

53) 차프스키가 슬프게도 잘 생각이 나지 않는다고 한 문장은 드레퓌스사건과 관련한 대화 장면 가운데 나온다고 봐야 할 것이다. 작중인물 거의 모두가 드레퓌스사건에 대한 각각의 견해를 직접적으로든 우회적으로든 표현하는데, 사교계 살롱 내에서도 가족 내에서도 미묘하게 의견이 엇갈린다. 샤를뤼스의 입장은 특히나 교묘하고 고약한데, 열렬한 애국심은 없는 탓에 프랑스의 승리를 바라는 것도 아니고 독일이 지는 것을 대놓고 원하지도 않지만 결국은 '친독파'라고 화자 프루스트는 암시한다. 「되찾은 시간」에서 샤를뤼스는 '아메리카인'을 환기하며 이런 말을 한다. "여보게, 소생은 아메리카인을 나쁘게 말하고 싶진 않소만. (……) 아무래도 술에 물 탄 듯, 물에 술 탄 듯, 그들의 아량은 무진장인 것 같소. (……) 전쟁 전에는 그들은 우리나라를, 우리 예술을 좋아했고 우리 걸작들을 막대한 값을 치르고 사 갔소. 지금 수많은 걸작이 그들의 수중에 있소이다. 그러나 바로 그게, 바레스 씨가 말하듯 뿌리째 뽑힌 예술로, 프랑스 국토에 뿌리 내려 그 위에 아름답게 꽃피고 있는 것과는 아주 반대되는 예술이오." 차프스키가 떠올리려 한 문장은 윗글의 마지막 문장으로 짐작된다. 참고로 이야기하면, 당시 프랑스는 드레퓌스파와 반드레퓌스파로 국론이 양분되어 극렬한 갈등을 보였다. 쟁

점은 국가의 존엄과 개인의 존엄이 충돌할 때 무엇을 더 우선시해야 하는지의 문제였다. 작가 모리스 바레스는 대표적인 반드레퓌스파로, '애국자연맹'을 위시한 우파 지식인들을 대표했다. 반면, 아나톨 프랑스를 비롯하여 프루스트 등은 좌파 지식인 또는 드레퓌스파, 더 나아가 에밀 졸라가 이끈 드레퓌스 재심파였다. 에밀 졸라는 『로로르』지에 「나는 고발한다」를 기고함으로써, 군 사법 당국과 언론이 어떻게 드레퓌스사건을 조작하고 잘못된 여론을 만들어냈는지 낱낱이 비판하며 관련 군 장교들 및 드레퓌스의 필적 감정서를 허위로 보고한 자들을 실명으로 고발한다. 이로 인해 졸라는 명예훼손죄로 기소돼 재판에 회부되는데, 프루스트는 이 재판을 거의 매일 참관했다. 이 장면은 「게르망트 쪽」에 작중인물인 블로크를 통해서 생생하게 재현되어 있다.

54) Stefan Żeromski(1864~1925): 자연적이고 서정적인 문학을 추구한 폴란드의 국민 작가. 그의 작품에는 폴란드 민중의 봉기가 연속적으로 실패한 데 따른 염세주의가 스며 있다.

55) 폴란드 문학 진영의 예시를 든 것이나, 제롬스키와 콘래드의 문제, 이어 톨스토이의 예술 문제 등을 서술하고 있는 이 단락에는 교훈성이나 자기 성향을 과도하게 드러내는 작품을 지양했던 차프스키의 예술관이 반영되어 있다. 차프스키는 '카피스트Kapist('파리 위원회'라는 뜻)'로 활동하기도 했는데, 카피스트 소속 폴란드의 젊은 화가들은 역사적 사건들에 영감을 받아 그림을 그리는 고전적 화가들에게 반기를 들었고, 비非구상화를 그리는 화가들에게서도 떨어져 나왔다. 이들은 야수파와 입체파를 발견하고, 특히 세잔에 찬탄하면서 더욱 결집했다.

56) Eliza Orzeszkowa(1841~1910): 여성 해방, 유대인의 권리, 민중

과 귀족의 협력 같은 사회문제를 천착한 폴란드의 실증주의 작가.

57) Adam Mickiewicz(1798~1855): 폴란드의 낭만파 시인. 애국심 가득한 서정시와 서사시, 극작품 등을 썼다. 주요 작품으로 『콘라드 발렌로트』 『그라지나』 『판타데우시』 『지아디』 등이 있다.

58) Zygmunt Krasiński(1812~1859): 폴란드의 국민적 방랑 시인 중 한 사람. 역사적, 철학적 주제가 돋보이는 많은 소설과 극작품을 썼다. 대표작은 『비非신적인 희극』 『이리디온』 등이다.

59) 톨스토이는 생전에 이미 그와 비견할 수 있는 사람이 없을 정도로 문학적 명성을 얻었지만, 여러 비평가들로부터 '예술을 포기했다'는 혹평을 받기도 했다. 이에 대해 그는 여러 고백록에서 다른 사람에게 더 완전한 사람처럼 보이고자 하는 자신의 욕망이 지나쳤다고 고백하고 있다. 영국의 역사가이자 철학가인 이사야 벌린은 『고슴도치와 여우』라는 저작에서 "여우는 많은 것을 알고 있지만, 고슴도치는 하나의 큰 것을 알고 있다"는 그리스 시인 아르킬로코스의 말을 인용하며, "톨스토이는 본래 여우였지만 스스로 고슴도치라 믿었다"는 유명한 해설을 남겼다. 문학 진영에서 흔히 보는 일이지만, 작가로서의 시대적 소명을 자각하여 자신의 문학에서 우회적으로나마 어떤 교훈을 주려는 작가가 있을 수 있고, 이를 철저히 자제하며 글쓰기 자체에 집중하는 작가가 있을 수 있다. 그러나 후자가 비정치적이거나 탈정치적이라는 의미는 아니다. 문학에서 정치를 말하려는 게 아니라 문학 자체가 정치가 되게 하려는 다른 차원의 시도일 수 있다. 한편 벌린은 여러 작가들을 고슴도치형과 여우형으로 분류하는데, 그에 따르면 고슴도치형에는 단테, 플라톤, 루크레티우스, 파스칼, 니체, 프루스트 등이 들어가고, 여우형에는 셰익스

피어, 헤로도토스, 아리스토텔레스, 몽테뉴, 조이스 등이 포함된다. 고슴도치형은 모든 것을 하나의 핵심적인 비전, 일관된 하나의 시스템 안에 조직하며, 여우형은 서로 관계가 없거나 모순되는 다양한 목표를 추구한다. 프루스트의 글쓰기는 마치 프랙탈 구조처럼 일견 비체계적인 것같이 보이지만 다른 고차원의 정합적 체계를 갖는다는 점에서 프루스트가 고슴도치형이라는 해설도 가능할 것이다.

60) 블레즈 파스칼은 1664년 말, 네 마리의 말이 끄는 마차를 타고 파리 북서부에 있는 뇌이이 다리를 건너다가 사고를 당했다. 말들은 다리 아래로 떨어져 죽었지만 차체는 다행히 난간에 걸려 파스칼 일행은 목숨을 건졌다. 파스칼은 그 자리에서 기절하여 15일 만에 깨어났다고 한다. 11월 23일 밤 10시 반에서 12시 반 사이에 의식이 돌아온 그는 강렬한 종교적 투시를 체험하게 되고, 떠오르는 대로 급히 글을 적어 내려가기 시작했다. 여기서 말하는 "어느 날 밤"은 이날 밤을 의미한다.

61) 이 수도원은 장세니슴의 본거지다. 17세기 프랑스에서, 지나치게 속물화된 기독교에 맞서 초기 교회의 엄격성으로 되돌아갈 것을 부르짖으며 장세니스트들이 나타났다. 당시 시각으로는 거의 무신론에 가까웠던 장세니슴은 인간의 자유의지도, 이성도, 사랑도 믿지 않았다. 장세니슴은 블레즈 파스칼, 라로슈푸코 공작, 라파예트 부인 등 17세기 프랑스 작가들에게 깊은 영향을 주었다.

62) 블레즈 파스칼의 표현 가운데 '바로크적 감성' '바로크적 황홀경'이 있다. 파스칼이 『팡세』를 쓰게 된 결정적 계기가 된 뇌이이 다리에서 본 아찔한 심연의 느낌처럼, 생과 사의 협곡에서나 느낄 법한 공포로 가득 찼으면서도 성적이고 생적生的인 황홀경

을 뜻한다. '바로크'란 '일그러진 진주'라는 뜻의 포르투갈어에서 유래한 것이며, 일탈과 파열의 감각적 느낌을 강조한 말이다. 차프스키가 프루스트의 세계를 말하면서 파스칼의 세계를 떠올린 것은, 특히 이 아연실색케 하는 황홀경의 신적 세계와 관련이 있을 수 있다. 프루스트는 애초에 '잃어버린 시간'과 '되찾은 시간'의 개념만으로 책을 쓰려고 생각했는데, 프루스트 해설가들의 설명에 따르면 전자는 성적 혹은 신적 황홀경에 이르기 전의 내밀하고 인내심 깊은 지속적 발열의 과정이고 후자는 마침내 기쁨을 되찾은 유레카적 시간이다. 이에 대해 자세히 알고자 한다면 모리스 블랑쇼의 「프루스트의 기쁨」이라는 비평을 참조해 볼 수 있을 것이다.

63) Sarah Bernhardt(1844~1923): 프랑스의 여배우로, 19세기 후반을 대표하는 배우 중 한 명이다. 아름다운 목소리와 요염한 분위기로 인기를 끌었으며, 파리에서 사망하자 국장으로 장례를 치렀다. 이탈리아 출신의 세계적 배우 엘레오노라 두세와 흔히 비교되곤 한다.

64) 얀 페르메이르Jan Vermeer. 국립국어원 외래어 표기법에 따르면 '페르메이르'가 맞는 표기이나 여기서는 옛 표기가 갖는 여러 효과를 의도하여 '베르메르'로 옮겼다.

65) Jean-Louis Vaudoyer(1883~1963): 소설가이자 시인, 에세이스트이자 프랑스 미술사가. 베르고트의 죽음을 다룬 이 마지막 장면과 베르메르 그림에 대한 해석은, 프루스트와 막역한 사이였던 보두아예가 쓴 미술 평론을 프루스트가 읽고 영감을 얻어 그것을 소설에 삽입함으로써 만들어진 것으로 알려져 있다. 당시 프루스트가 NRF의 편집장 자크 리비에르에게 보낸 서신에서 "열거법énumération이란 종합Synthèse의 한 형태일 수 있다"고 말한 것

에서도 알 수 있듯이, 그는 베르메르가 여러 번의 붓질을 통해 자신이 원하는 색에 도달한 것같이 작가의 열거적 수사 표현은 단순한 부연이나 덧댐이 아니라 자신이 궁극적으로 표현하려는 지점에 이르는 글쓰기의 과정이자 형식이며 하나의 본질적 방도라고 보았다.

66) "신은 또 다른 세계에도 씨들을 갖고 있고 이 지상에 뿌려 싹을 틔웁니다. 그런데 싹이 터 올라오는 것은 다른 신비한 세계와 접촉해서입니다. 오로지 그 감각을 통해서만 생명력이 생기고, 그것을 얻습니다. 지상 위에 많은 것들이 우리 안에 감춰져 있고, 그 대가로 우리는 비밀스럽게 감춰진 감각을 얻어 다른 세계와 생생한 관계를 갖는 것입니다."(『카라마조프의 형제들』, 1879~1880년)

67) 이 붕대는 시체를 싼 붕대를 뜻한다. 죽다가 살아났다는, 즉 그만큼 많이 아팠다는 비유적 표현이다. 프루스트의 편지를 원문 그대로 직역했다.

옮긴이의 말

프루스트의 구조, 두 개의 바닷물

번역을 의뢰받고 이 책을 처음 접했을 때, 나는 서두에 나오는 편집자 서문과 작가의 머리말까지만 읽고 읽는 것을 중단해야 했다. 내 안에서 뜨거운 무언가가 치밀어 올랐기 때문이다. 이런 비현실적인 시간이 가능한가? 포로수용소의 동료들이 공포 속에 하나둘 어딘가로 사라질 때, 남은 자들이 과연 무엇을 할 수 있다는 말인가? 영하 40도의 추위 속에서 신체는 강제 노역으로나마 가동된다 할지라도 본능적으로 자유를 갈구하는 자긍심 강한 인간의 정신은? 차라리 정신을 죽이는 것이 낫지 않을까? 아니, 거꾸로 환각적 방법을 통해 정신을 각성시키는 초강수를 두는 편이 나은 것일까?

정신적으로 무너지지 않기 위해, 쇠약과 불안을 극복하기 위해, 어떤 두뇌 운동이라도 하기 위해 수용소에서 '프루스트 강의'를 시작한 것이라고 저자 차프스키는 초연하게 말하고 있지만, 이것이 얼마나 비극적이고 부조리한 일인지 우리는 안다. 그런데 또한 얼마나 온당한 일인가! 닫힌 공간 속에 유폐된 영혼을 구원할 수 있는 것은 아마 프루스트의 작품밖에는 없을 것이다. 덧문으로 바깥의 빛을 완전히 차단하고, 또 코르크로 바깥의 소리를 완전히 차단한 채 그토록 철저히 유폐된 공간에서 오로지 글쓰기 하나로, 프루스트는 전 세계를 지배할 방법을 찾아냈는지 모른다. 프루스트의 이 병적인 소설은 현재, 과거, 미래의 삼분법을 취하지 않고 오로지 현재형의 시간 속으로만 주체를 함몰시키는 위력을 발휘하므로, 다가올 죽음에 대한 불안과 공포를 그나마 잊게 만들 수 있었을 것이다.

진정한 작가란 쓰고 싶은 것을 쓰는 자가 아니라, 쓸 수밖에 없는 것을 쓰는 자일지 모른다. 프루스트는 어느 지인에게 보낸 편지에서 자신의 "유일한 법칙"을 이렇게 설명한다. "자신의 악마와 자신의 생각에 굴복하고, 완전히 지칠 때까지 모든 것에 대해서 쓰도록 하라." 자기 스스로 분열되고 자기 스스로 융합되는 고통스러운 악성의 결절

상태. 펼쳐나가는 것인지, 말려들어가는 것인지 모를 복잡한 주름 선. 프루스트의 책은 책이 아니라, 신체 기관 같다. 아니다. 물질 같다. 디엔에이 같은 불가피한 형질? 아니면 그렇게밖에 될 수 없는 구조? 프루스트는 '작가'가 아니라 '작품' 그 자체다.

요 며칠 나는 이 책의 교정과 다른 번역 일 때문에 방안에 갇혀 있었다. 한동안 사람을 만나지 않은 탓일까? 내 꿈의 기계장치는 고장이 나, 모파상의 단편소설 「누가 알까」에 나오는 가구들처럼 내 방 안의 물건들이 어딘가로 이동했다. 한쪽 선반에 가지런히 놓아둔 내 번역서들도 모두 사라지고 없다! 책이나 책장의 페이지들은 두 눈 감은 내 시야의 전면을 차지할 만큼 괴상하게 클로즈업되어 나타나기도 했는데 지금 생각해보니 어제, 보티첼리가 그린 해안가의 소년과 함께 있는 성 아우구스티누스의 그림을 한동안 봐서인 듯싶다.

보티첼리의 그림 구도는 매우 단순하다. 후경에는 흐릿한 빛깔의 넓은 하늘과 바다가 펼쳐져 있고, 전경에는 풀빛이 감도는 강기슭이 펼쳐져 있다. 그리고 붉은 옷을 입은 키 작은 아이와 역시나 붉은 옷을 입은 키 큰 성자 아우구스티누스. 어린 아이 앞에 놓인 작은 웅덩이와 조가비 숟가락.

아우구스티누스는 삼위일체의 신비에 대해 곰곰이 생각하면서 해변을 거닐고 있다. 이때 한 아이가 보인다. 아이는 강기슭에서 몇 미터 떨어진 곳에 구멍 하나를 파고 작은 조가비로 그곳에 바닷물을 퍼 담으려는 참이다. 아우구스티누스는 아이에게 "바다는 너무 광대하고 이 구멍은 너무 작으니 그 물을 여기에 다 담는 것은 불가능하다"고 설명한다. 그러자 아이는 "인간의 (유일한 자산인) 이성으로 삼위일체의 심오한 신비를 파헤치려는 당신의 일보다는 내가 하는 일이 훨씬 쉬워 보인다"고 답한다.

이 그림의 각 요소와 구성이 갖는 함의는 무엇일까. 종교적인 해석을 떠나 '삼위'라는 복수성과 중층성은 왜 '일체'로 총합되거나 완결되는 것일까? 이런저런 생각을 하고 있는데, 불쑥 프루스트가 떠올랐다. 프루스트의 『잃어버린 시간을 찾아서』는 저 후경의 광대한 바닷물일까? 아니다, 어린 소년이 작은 조가비 숟가락으로 제 앞의 작은 웅덩이에 퍼 담는 데 성공한, 혹은 그렇게 믿는 '옮겨진' 바닷물일까? 만약 어린아이 앞에 놓인 앙증맞은 조가비 숟가락이 프루스트의 펜이라면, 그것은 지극히 현실적이고도 기적적인 유일한 은총일 터다.

내가 생각하는 실재와 진리는 저 바다처럼 우리의 한계를 뛰어넘는 '초과량'이다. 그러나 내가 구현하는 현실이란 저 작은 웅덩이 정도이므로, 나는 늘 만족하지도 못하고 행복하지도 않다. 따라서 내 욕망과 의지는 정지되지 않고 다시 무언가를 계속 해나간다. 이 간극에의 강박적인 의식이 '신경증'의 시작이라면, 그럼에도 잠시 동안은 아이처럼 내 작은 웅덩이에 바닷물을 잘 퍼 담았다고 믿으며 행복해할 때가 있다. 놀이하는 아이의 기쁨은 전혀 다른 것을 기꺼이 '메타포'하여 동일한 것으로 치환할 줄 아는 저 대단한 '도착성'의 충만한 기쁨이다. 아이에게 웅덩이에 고인 물은 바닷물 그 자체다. 적어도 아이에게 실재와 현상은 동일한 것이다. 진리와 환상 역시 동일한 것이다. 거울에 비친 상처럼 이 미끈하고 단순한 유아적 상상계의 환희! 그런데 왜 보티첼리는 아이와 어른에게 같은 붉은색의 옷을 입혔을까? 심오한 공시성의 함의가 있는 것은 아닐까. 우리는 아이면서 어른이다. 우리는 신경증과 도착증의 연쇄고리 속에서 늘, 정상적이거나 비정상적이다.

나는 『잃어버린 시간을 찾아서』의 가장 강력한 모티브인 어머니와의 저녁 키스 장면에서 어린 마르셀이 왜 분리 불안의 증세 가운데 그토록 엄마를 원하면서도 동시에 원하지 않는지 알 것 같다. 그토록 열망했던 것을 왜 그토록 열망하지 않는지 알 것 같다. 어린 마르셀이 울어버린 것처럼, 나 역시 이성적으로는 도무지 이해되지 않는 인간의 어떤 생리적, 병리적 비극성 속에 발길질을 한 적이 있는 것 같다. 어른인 지금도 그 상상계의 도착적 흔적은 남아 있지만, 미치지 않기 위해 애써 모든 것을 떠나보낸다. 탄젠트와 같은 찰나적인, 아찔한 접선만이 있을 뿐이다.

『잃어버린 시간을 찾아서』를 읽기 가장 어렵게 만드는 요소인 방대한 분량의 진짜 비밀은 무엇일까? 행갈이나 여백도 없고 장이나 부의 구분도 없이 '단 한 권'으로 나타내고 싶어 했던 프루스트는 당초 어떤 의도로 그런 기획을 했던 것일까? 어쩌면 그는 당시에 벌써 주체의 소실을 예감하고 있었는지 모른다. 더 이상 의지로서의 주체는 가능하지 않으며, 비정상적이라 할 만큼 비참한 도착적 구조에 잡아먹힌 인류 정신의 비극만이 있을 따름이라고 그는 일찌감치 예감했는지 모른다. 이 구조는 출발점도 없고 도착점도 없으며 중심축도 없어서, 주체와 객체 따위의 이원적 상보성으로도 그럴 듯하게 표상되지 못한다. 마치 N에서

N-1로 가듯이, 끝없이 미분을 하며 복수성을 만들어내는 것처럼 '쓰이면서 쓰일' 뿐이다. 쓰기 위해 쓰는 것이 아니다. 냉정하게, 유머러스하게 말해본다면, 프루스트의 죽음이 오지 않았더라면 아마 『잃어버린 시간을 찾아서』는 계속 쓰이고 있었을 것이다. 그의 책은 분산되면서 어마어마하게 방대해진 실재계인 것일까? 보티첼리 그림 저 후경의 바닷물처럼? 아니면 소년이 조가비로 담아 옮겨 온 작은 웅덩이 속 바닷물처럼?

프루스트의 독자라면 그의 이 불가사의한 문학 형태를 자기만의 수사로 표현하고 싶어 할 것이다. 이를테면 질 들뢰즈는 이를 "물질적 펼침" 또는 "배움의 선"이라고 했으며, 모리스 블랑쇼는 세이렌의 노래를 예감하며 앞으로 나아가는 오디세우스의 바닷길 항해에 비유했다. 블랑쇼에 따르면, 프루스트에게 '잃어버린 시간'은 가장 상상적이고 기만적인, 경이로운 시간이며, '되찾은 시간'은 다가올 치명적 유혹으로서의 세이렌이 부르는 노래를 듣는 순간이다. 롤랑 바르트는 "프루스트의 작품은 모든 문학 우주학의 만다라"라고 말한다. 왜 만다라인가? 만다라는 복수인가, 단수인가? 복수성이 수많은 내적 에너지를 발산하고 생성하는 단계라면, 단수성은 이런 에너지의 무거운 중

층으로 인해 결국은 최종적 균열이 생기는, 모든 번뇌가 그야말로 종료되는 법열의 시간일까? 레비스트로스는 "체계적으로 망가뜨려진 체계"라는 말로 설명한다. 수많은 인상과 감각의 편린들이 결국 이룩해내는 것은, 프루스트가 인상적으로 표현했듯이 "단 하나의 소나타" "단 하나의 교회" "단 한 명의 소녀"다. 이사야 벌린이 그리스의 시인 아르킬로코스의 말을 차용하며 여러 작가들을 여우형과 고슴도치형으로 분류할 때 프루스트를 고슴도치형으로 분류한 것은 의미심장하다. "여우는 많은 것을 알고 있지만, 고슴도치는 하나의 큰 것을 알고 있다." 그런데 '하나의' 것이 아닌 '하나의 큰 것'이란 무엇일까? À la recherche du temps perdu. 잃어버린 시간을 찾아서. 프랑스어 전치사 'À'는 어디를, 그리고 무엇을 향유하고 있는 것일까?

류재화

무너지지 않기 위하여

어느 포로수용소에서의 프루스트 강의

초판 1쇄 펴냄 2021년 1월 20일
초판 4쇄 펴냄 2022년 11월 11일

지은이 유제프 차프스키
옮긴이 류재화

펴낸곳 풍월당
출판등록 2017년 2월 28일 제2017-000089호
주소 [06018] 서울시 강남구 도산대로53길 39, 4,5층
전화 02-512-1466
팩스 02-540-2208
홈페이지 www.pungwoldang.kr

만든사람들
편집 황유정
디자인 성윤정

ISBN 979-11-89346-14-0 03860

밤의책 **밤의책**은 내밀하고 깊은 읽기를 위한
풍월당의 작은 브랜드입니다.